De Repente un Amor en París

Humberto Páez y Carmen Castellanos

Con mucho respeto y agradecimiento por adquirir este libro.

A: _Mi queridísima Dorita_

La vida se hace más sencilla cuando nos damos cuenta, que al igual que pasa con los libros, en algún momento debemos pasar página y empezar otro capítulo.

Te quiero mucho, Humberto y Carmen.

Carmita 11/6/18

Prólogo

Los hechos que aquí se narran transcurren entre la década de los cincuenta del pasado siglo y el año 2016.

En el libro encontrarán relatos que reflejan la historia de dos personajes—un hombre y una mujer—que se encuentran a los 60 años y comienzan una nueva vida, plena de experiencias amorosas, pasando por momentos tristes y felices durante su relación. Estas experiencias pueden ser experimentadas a cualquier edad adulta, así como las muestras de amor y pasión de los personajes. Este disfrute puede ser compartido por cualquier pareja sensible y saludable.

Les aconsejamos encarecidamente que practiquen las muestras de amor que aquí se exponen y cambien sus escenarios con viajes compartidos y vivencias románticas.

Por otra parte en este libro se reflejan situaciones y problemas que existen en nuestra vida cotidiana, realidades y situaciones que resultan muy acorde con el título.

El final de este libro es muy ameno.

CAPITULO I
Baltimore, Maryland 1948
Buscando fortuna

Era el año de 1948, cuando el Sr. Richard Smith se despidió de su esposa y de su pequeño hijo Christopher en el estado de Maryland. Marchaba a Cuba ilusionado con los rumores existentes de que podría invertir en una gasolinera y establecerse en Cuba una vez que hubiese reunido a su familia. Sus amistades le habían comentado que existían muchas posibilidades de establecer un fructífero negocio en Cuba.

No le resultaba fácil separarse de su familia, pero había que aprovechar el momento en que se le concedía la oportunidad a los inversionistas extranjeros para ir a explotar una isla rica en muchos aspectos, donde el dolar y el peso (la moneda cubana), tenían el mismo valor. Richard se iba bien preocupado por dejar a su familia en condiciones precarias, pero les había dejado algo del dinero que tenía reunido, para que pudieran mantenerse hasta que él comenzara a girarles alguna ayuda desde Cuba y finalmente, los pudiera llevar consigo.

Después de recorrer toda la isla de Cuba, la ciudad de Matanzas, situada en la provincia del mismo nombre, fue el lugar que le resultó más interesante para invertir e instalar el negocio. Allí existía un elevado movimiento de vehículos, puesto que en esa provincia se encontraban varios sitios turísticos como la Playa de Varadero, el Valle de Yumurí, las Cuevas de Bellamar, y el puente del río Canimar entre otras atracciones.

Con el pequeño capital que llevó y otra parte que le pidió a un banco americano que tenia una sucursal en Cuba, pudo construir un centro de expendio de gasolina, que tenía una planta de engrase y ofrecía los servicios de fregado y reparación de gomas. Este centro llegaría a ser el más moderno de los existentes en la provincia de Matanzas. Su construcción demoró aproximadamente 18 meses. Una vez terminado, Richard fue a Maryland, con el fin de buscar a su esposa y a su hijo para que estuvieran presentes en la inauguración y se trasladaran definitivamente a Cuba.

Ya para el año 1950 se encontraban establecidos en Cuba, Richard Smith (Rick para los amigos), y su esposa Nancy, que se ocupaba de cobrar, llevar la contabilidad y también despachar gasolina. Tenían dos empleados más, uno de raza negra que era el engrasador y otro de origen campesino que fregaba y arreglaba las gomas de los carros.

El pequeño Christopher después del colegio iba para el centro de servicio y prestaba mucha atención a todo lo que allí se hacia. Tenía 4 años y ya quería ayudar a su padre. El negocio prosperó rápidamente, Christopher iba creciendo y aprendiendo los dos idiomas, ingles y español. Como eran personas muy sencillas, no miraban a los demás por su clase y trataban a todo el mundo de la misma manera. Alrededor de 1955 Nancy, la esposa de Richard, se embarazo y dio a luz en su Ciudad Natal de Maryland y trajo al mundo una hembra a quien nombraron Christine y le llamaban Christy.

Ya en año 1956, se estaban sintiendo las presiones de las diferencias políticas existentes en Cuba. Había ocurrido un desembarco en la provincia más oriental del país, que marcó el inicio de la guerra de guerrillas contra el gobierno de turno.

Anteriormente en 1953, un grupo de opositores del gobierno se había sublevado contra el ejército del presidente gobernante de esa época, y habían atacado el Cuartel Moncada en la provincia de Oriente. Este hecho había ocurrido el día 26 del mes de julio. El líder del grupo se llamaba Fidel Castro Ruz quien, en 1955, después de su salida de presidio, producto de un indulto, nombró al grupo opositor, como Movimiento "26 de julio".

Las fuerzas opositoras empezaron a avanzar hacia la capital. En la madrugada del 1ro. de Enero de 1959, en unión de un grupo de sus secuaces y familiares más cercanos, el presidente tomó un avión y se marchó del país, dejando a Cuba en manos del nuevo gobierno revolucionario presidido por Castro.

CAPITULO II
Playa Girón. Invasión por cubanos

17 de abril de 1961. Al declararse el carácter socialista de la revolución comenzaron a realizarse toda una serie de labores conspirativas por parte de las personas que no concordaban con esas ideas. En el exterior, un grupo de hombres recibió entrenamiento militar para realizar una invasión al territorio cubano. Ese día se produjo el desembarco de un grupo de cubanos exiliados quienes guiados por un ideal llegaron a tierras cubanas y desembarcaron por Playa Girón (y Playa Larga) en la Bahía de Cochinos, al sur de la antigua provincia de Matanzas. El ataque fue un fracaso, se suponía que los norteamericanos apoyarían la invasión por mar y por aire, pero temieron una guerra entre Cuba y los Estados Unidos y abandonaron a los invasores. Además se suponía que había un movimiento interno en la isla que los iba a apoyar, pero no sucedió así.

En 1960 Estados Unidos había roto relaciones con Cuba y fueron intervenidas todas las industrias norteamericanas en el país. Dos agentes del gobierno cubano intervinieron el negocio del Sr. Smith, no le permitieron entrar a la empresa y sellaron las puertas… entonces la familia decidió que tenían que marcharse de Cuba lo antes posible.

Ahora voy a narrar lo que sigue. Soy Christopher Smith. Ya tengo aproximadamente 15 años, conozco dos idiomas a la perfección – inglés y español — y veo el dolor en los rostros de mis padres quienes con tanto esfuerzo levantaron un gran negocio y se acostumbraron a vivir en la isla. Amábamos a Cuba como si fuera nuestra propia patria.

Mis padres eran residentes permanentes en el país, pero tenían parte del capital en los Estados Unidos, pues las amistades que recibían noticias del exterior les informaron que sacaran todo lo que pudieran, por este motivo, invirtieron en lingotes de oro y todo se sacó a tiempo, eso les permitió comenzar una nueva vida en los Estados Unidos, donde formaron un empresa gomera bastante importante. Reclamaron a los dos empleados que tenían en Cuba, ya que eran de toda confianza y conocedores del negocio.

Tuve que seguir estudiando en Maryland y ayudando a mis padres en el negocio después del colegio. Al llegar a los Estados Unidos, siguio Christopher recordando su niñez en Cuba y se le hacia algo difícil... A pesar de haber nacido en los Estados Unidos, descendiente de Irlandeses, como vivi 10 años en Cuba y me acostumbre a hablar Español y lo hablaba perfectamente y sin acento, cuando llegue a la Escuela en Maryland a pesar de comunicarme casi siempre con mis padres en Ingles, no me fue muy fácil estudiar en mi idioma natal, me sentía como un emigrante en mi propia tierra y los compañeros de clase algunas veces se reían de mis dificultades gramaticales. Todo resultaba nuevo para mi, las costumbres, los edificios, el trafico, la comida y vagar solo por las calles, extrañaba los amigos que había dejado detrás. Nos ibamos solos a jugar por las calles de Matanzas, al parque, a pescar y al cine, sin problema de ninguna clase. Ahora tenia que ir a todas partes con mis padres, quienes a su vez al igual que mi hermanita también extrañaban el país que dejaron.

No me sentía bien, era como un pájaro enjaulado. Terminé el "high school" y no hice una carrera, precisamente porque tenía que ayudar a mi padre, que se encontraba ya muy enfermo. Fue entonces que tomé las riendas del negocio y, con el tiempo, me convertí en un empresario a nivel internacional.

A raíz de cumplir 30 años de edad abandoné la vida un poco bohemia que llevaba y contraje matrimonio con una muchacha muy bonita, rubia de ojos azules que conocí en el taller mecánico y me impactó. Llegó un día al taller mecánico para que le dieran servicio a su carro, yo mismo la atendí, cosa nada usual en mi y la traté con mucha cortesía para llamar su atención. Mientras me daba sus datos para hacer la cuenta de gastos y emitir el certificado de garantía, tomé la dirección y el teléfono de su casa. Esa misma noche busqué esos datos para saber en que área vivía. Era un área de personas de clase media y observé que se encontraba parqueado afuera un camión de plomería con el teléfono que aparecía en los papeles. Llamé al teléfono y me contestó un hombre que sonaba de edad madura, pensé que era su padre pues la veía muy joven para estar casada.

Esperé al día siguiente en la mañana, para dar tiempo a que el hombre se marchara a trabajar y ver si ella contestaba el teléfono. Así mismo fue, cuando contesto, reconocí su voz como si la conociera de muchos años. Me identifiqué con ella y me dijo que había sido un fresco y un atrevido al coger sus datos. Esto me impactó y me quedé mudo del freno que me puso. Por un momento se me quitaron los deseos de insistir, pero lo que sentía por ella no lo iba a dejar escapar y volví a llamar y ella volvió a contestar. Le pedí que no colgase que me dejara hablar.

—¿Qué es lo que tú quieres?
—Invitarte a una heladería que está cerca de tu casa, le contesté.
—¿Y para qué tu quieres tomarte un helado conmigo?
—Porque me agradaste mucho como mujer y quisiera ser tu amigo.
—No sé, me comunico contigo mas tarde a tu trabajo, ¿cual es tu nombre?

—Christopher-, le dije rápidamente.
—¿Solamente Christopher?
—Si, le dije, soy el único Christopher en ese negocio, yo soy el dueño.

Cada vez que sonaba el teléfono corría a ver si era ella, así estuve más de 5 horas y pensé que ya no llamaba. Entonces unos minutos antes de cerrar sonó de nuevo el teléfono y no contesté, le pedí a la empleada que lo hiciera, me dijo que era una mujer y que la llamada era para mí. Salí corriendo, me enredé con una silla, y tumbé un par de cosas por el camino. Tomé el teléfono agitado por el corretaje y nervioso.

—¡Hello, hello!, ¿Quién habla?.
—Es Kathy. Dime si vamos a la heladería.
—¿Cuándo?—preguntó ella.
—¡Ahora mismo! ¿Dónde te recojo?
—No, te espero allá, yo voy en mi carro.

Llegué a la heladería y la buscaba con la vista, no la veía y sin embargo la tenía al lado. Entonces me preguntó:
—¿Me estas buscando Christopher?
—No te había visto, ¡que sorpresa!, Gracias por venir. ¿Te quieres sentar dentro de la heladería o en uno de los carros y que nos sirvan el helado afuera?

Al decirle esto, me respondió que si estaba loco, que su padre la mataría, que mejor lo tomamos dentro. Le dije: ¡ok!. Mientras nos tomábamos el helado yo no le quitaba los ojos de encima y la observaba, en un momento en que ella levantó la vista, se dio cuenta que yo no había comido el helado. Entonces, me pregunto:
—¿Me invitaste a tomar helado y no lo comes?
—¿Tienes novio?—le pregunté ansioso.
—No, y ¿tú?—Me respondió.

—¿Yo?, no

—¿Seguro que no tienes novia Christopher?

—No, no, no -. Entonces no insistió más

—Bueno, está bien, si tú lo dices, te lo creo.

Cuando fue a coger el helado, aproveché y le cogí la mano, ella retiró la mano rápidamente y me preguntó:

—¿Qué haces tú cogiéndome la mano?

—Quiero coger la mano de una muñeca.

—Yo no soy una muñeca, yo soy Kathy-. Me dijo categóricamente. De pronto me decidí y le pregunté:

—¿Tú quieres ser mi novia?

Ella eludió la pregunta y argumentó que yo la había invitado a tomar un helado para ser amigo suyo, no para ser su novio, y agregó:

—Tengo que irme ya.

Como solamente habíamos estado 15 minutos juntos le pregunté:

—¿Por qué te vas tan rápido?

—Me voy rápido porque mi papá está al   regresar a la casa y no quiero llegar tarde.

—¿Nos vemos mañana?

Me contestó que no sabía, entonces le dije que me llamara cuando quisiera que volviéramos a salir.

Esa tarde llegué a mi casa muy alegre, chiflando y muy risueño, mi madre me preguntó:

—¿Por qué tan alegre?, ¿Qué pasó?, ¡Ah!—y agregó ¡este muchacho no ha sentando cabeza con mujeres por ahí!

Al día siguiente volví a las mismas ocupaciones pero mi mente estaba bien lejos de mis responsabilidades, pensando si Kathy me llamaría de nuevo o no, o si debería yo llamarla, Unos diez minutos antes del cierre del negocio, volvió a sonar el teléfono y fui yo quien lo contesto, cruzamos unas palabras y nos citamos en el mismo lugar y así sucesivamente hasta que se creó un compromiso entre ella y yo. Había cierta diferencia de edad pues yo tenia ya treinta años y ella veintitrés. No me cansaba de mirarla, mirarle a los ojos, sus cabellos rubios que parecían hilos de oro, sus facciones finas y admirar sus ademanes muy elegantes y su buena educación, a pesar de que no era precisamente una burguesa.

Salimos varias veces alrededor de su casa porque no estaba acostumbrada a subir al carro de un hombre, pues era una época de costumbres conservadoras. Nunca había tenido novio oficial, solamente enamorados en la escuela.

Era virgen, un día en que paseábamos por el parque, cerca de la casa, me atreví a introducir mi mano en su pecho y me dio un bofetón. Me quedé atónito de la reacción de ella, a pesar de que yo estaba consciente de que su familia la había educado en el sistema antiguo, me quedé muy sorprendido porque por esa época, ya había muchachas muy libres, que tenían relaciones con sus novios a muy temprana edad.

Pasaron varios meses y ella me reclamó que cuales eran mis intenciones, ya que teníamos que formalizarnos puesto que sus padres estaban incómodos con esa relación fuera de la casa y las escapadas de ella al parque. Era necesario que yo conociera a sus padres y la pidiera en matrimonio. Kathy era su única hija y sus padres muy celosos con ella. Llegó el día de la visita a la casa y de sostener conversaciones con su familia.

Enseguida que el padre me conoció, me dijo sin rodeos que yo tendría mucho dinero pero que estaba en una casa respetable. Entonces les dije que estaba enamorado de ella y tenia intenciones de casarme. No habían pasado noventa días cuando se hizo una reunión familiar en el Día de Acción de Gracias, que es el día en que se celebra con una cena el día en que los peregrinos habían podido comer una cena que les sirvieron los indios nativos bajo una nevada muy fuerte en los Estados Unidos. La recepción fue en la casa donde vivía con mis padres y allí le propuse matrimonio de rodillas y le entregué el anillo de compromiso. Inmediatamente empezamos a buscar un apartamento para comprarlo y acondicionarlo a nuestro gusto, pues ninguno de los dos queríamos vivir con nuestros padres.

Nos casamos seis meses después, en la iglesia de San Patricio en Baltimore, Maryland, el mes de mayo, todo fue muy lindo y con muchas flores. A la iglesia asistieron aproximadamente cien personas, entre familiares, amigos y empleados de mi empresa. Cuando la vi entrar, del brazo de su padre parecía un ángel vestido de blanco, después le siguieron las parejas del cortejo y dos niños con los anillos y azahares. Mis padres lloraban de emoción y alegría al igual que sus padres. Mi madre le daba gracias a Dios de que yo sentara cabeza y no rodara más.

La recepción fue en los jardines de mi casa. La luna de miel fue en New Orleans y nos quedamos en un hotel antiguo "The Columns Hotel" en el barrio del Distrito Jardín, bellísimo. El cuarto era muy antiguo, la bañadera era de paticas y cuando nos acostamos para consumar el matrimonio las piernas quedaban elevadas porque el piso estaba desnivelado. Un ascensorista manejaba el elevador, que se cerraba con una reja de hierro. La habitación tenía su terraza privada que daba a la calle principal por la que pasaba un tranvía, los árboles estaban llenos de collares de múltiples colores de la fiesta que celebran allí en Marzo, que es el famoso "Mardi Grass". Todas las noches tocaban jazz y piezas románticas en el portal que hacia de barra.

Visitamos dos cementerios y nos subimos al barco que le da la vuelta al río Mississippi, también fuimos a varios "tours". Lo que más sorprendió y molestó a Kathy fue la noche que caminamos por el Distrito Francés o "French Quarter". A las doce de

la noche después de ver decenas de personas pasadas de copas y personas disfrazadas, algunas de las mujeres que se alojaban en los hoteles salían al balcón con todos los senos al aire. Yo para molestarla le dije que para eso la había llevado allí que se levantara la blusa y enseñara los senos. Ella me contestó llorando:
—¿Eres un loco, qué clase de proposición es esa?
—Yo le expliqué que estaba jugando y le dije:—¿cómo te voy a pedir que enseñes unos senos que me pertenecen solamente a mí?-.

También estuvimos en el café más famoso de la ciudad, el café "Du Monde" donde muchas de las mesas se encontraban al aire libre y se servia el café bajo las estrellas, en el distrito francés, donde se sirven unas "doughnuts" que ellos llaman "beignets" y de paso visitamos la catedral de San Luís, bellísima. Fuimos a las famosas plantaciones de caña, tuvimos que manejar cinco horas para llegar allá y después pasamos otras cinco dentro de una plantación. La historia de la familia fue tan triste que ella estaba loca por irse. Muchas tumbas, todos habían muerto tuberculosos, niños inclusive, y me pidió que nos marcháramos de allí. Estuvimos siete días de luna de miel, hicimos tantos recorridos, que hasta perdimos peso.

CAPITULO III
Después de la luna de miel

Cuando regresamos nos reintegramos al trabajo, yo la traje para la oficina de mi empresa. Cada día nos íbamos compenetrando más, tanto en lo personal como en el trabajo. Ella estaba ansiosa por tener un hijo, pero no fue hasta los tres años de matrimonio que Kathy quedó embarazada de una niña, a la que nombramos Milam. Fue un gran acontecimiento para nuestros padres, tanto los de ella como los míos, era la primera nieta. Milam fue una niña muy hermosa y muy risueña. Los abuelos se volvían locos por cargarla y jugar con ella, enamoraba con su risa y se le formaban dos huequitos en las mejillas cuando reía. Nació en el mes de abril y se le notaba que tendría un carácter fuerte y mucha personalidad, desde que era una bebé.

Más adelante, cuando ya Milam tenía cuatro años, tuvimos un varón, a quien nombramos Richard igual que mi padre. Lo llamábamos Ricky, y el pequeño se fue convirtiendo en un trueno, no dejaba nada en pié, todo lo tocaba, lo rompía y después se reía. Al cumplir Ricky su primer año, mi padre falleció, fue una tristeza muy grande para todos nosotros. Él fue un verdadero cabeza de familia y un gran hombre de empresa. Tuvimos que comprar una casa cerca de mi madre porque ya el apartamento nos resultaba chico.

Además de la distribuidora de gomas me dediqué al negocio de Bienes Raíces pues en las gomas había mucha competencia y disminuían las ventas. Formé un desarrollo de propiedades y me dediqué a construir apartamentos. Llegué a tener 220 apartamentos en distintos puntos de la ciudad.

Teníamos todo lo necesario para ser felices: bienestar, salud y amor, pero llegó un momento en que los negocios nos absorbieron, no pasábamos las vacaciones con los niños y hasta perdimos la costumbre de tener nuestros paseos en familia.

Al cumplir Milam los quince años de edad, Kathy se embarazó de nuevo sin esperarlo y como ninguno de los dos era partidario del aborto, tuvimos otra hembra a quien llamamos Jacqueline. Jackie nos volvió a traer la alegría que se había perdido tras la muerte de mi padre, dedicados solamente al trabajo y las obligaciones.

Cuando Jackie tenia ocho años, mi esposa tuvo un accidente. Por apuro, tuvo la imprudencia de llevarse un pare, un camión la embistió por el costado, y la niña murió en el acto. Se me produjo un pequeño infarto que no dejó secuela, en aquel momento no me lo detectaron, sentí una opresión muy fuerte en el pecho en ese momento de dolor igual que cuando me tuve que separar de Kathy y por su enfermedad me dejo solo.

Después de esa tragedia, mi esposa cayó en una gran crisis por más de dos años, debido a un complejo de culpabilidad que desarrolló. La llevé a los mejores psicólogos y siquiatras, pero el estado depresivo no lo podía superar, dejó de trabajar. La llevé para casa de sus padres que ya estaban mayores, pensando que allí se iba a mejorar, pero fue todo lo contrario.

Una mañana me llegó una llamada. Para ese entonces había traído a mi madre a vivir conmigo y con la ayuda de una nana, entre las dos cuidábamos a los niños. Serían alrededor de las 6:30 de la mañana. Esa llamada cambió el rumbo de mi vida. La madre de mi esposa lloraba y gritaba a la vez diciéndome que Kathy estaba muerta. Inmediatamente salí para allá y me encontré con una patrulla de la policía, un carro del departamento de homicidios y una ambulancia. Mis ojos no podían creer lo que estaban viendo.

Cuando mi suegra me dijo que se había envenenado con varias pastillas para los nervios, se me paralizó el corazón. No era posible que aquella muchacha alegre y luchadora que yo conocí, tuviera un final tan trágico y me hubiera dejado con mis dos hijos. Sus padres estaban muy abatidos, y murieron en un periodo de dos años después de la pérdida de su hija.

Han pasado 10 años, perdí a mi madre hace unos cinco años, he llevado una vida muy sedentaria, sin pareja y con mis hijos, ya un hombre y una mujer. He estado al frente de los dos negocios. Milam es abogada de Bienes Raíces y Ricky se graduó en Administración de Negocios. Puse los negocios en manos de mis hijos y mi función era la de supervisar como presidente los dos negocios me sentía bastante triste pensando como había transcurrido mi vida, y cuanto hubiera deseado pasar mi vejez al lado de mi esposa que fue el gran amor de mi vida. Pensaba también en la pérdida de mi pequeña hija y me encontraba solo en aquel caserón. Todo esto despertó en mí, la idea de vivir un poco más y lo primero que hice sin pensarlo mucho fue sacar un pasaje para Europa y tomarme quince días de vacaciones. A mis hijos les pareció una gran idea y dos meses después me vi en un avión camino a París.

Capitulo IV
Amor a los 60 años en París

La aerolínea francesa llamó a sus pasajeros de primera clase para abordar el avión, -Monsieur aquí tiene su asiento -, le dijo la aeromoza. Me pusieron en la ventanilla que pedí cuando hice la reservación, comenzó el despegue y cuando había subido unos dos mil pies más o menos, miré y vi la ciudad donde nací, donde me casé y tuve mis hijos, las lagrimas corrían por mis mejillas, ya que la ilusión de mi esposa era ir a Francia y por el egoísmo de hacer dinero no le di ese gusto a ella.

Al poco tiempo ya estaba sobre el Océano Atlántico, veía el mar desde el avión. Había un televisor donde estaban pasando una película muy bella de amor llamada "The Bridges of Madison County", que significa "Los Puentes del Condado de Madison" protagonizada por Clint Eastwood y Meryl Streep, dos grandes actores de Hollywood.

Al lado mío viajaba un actor de cine llamado Mike Benítez, su especialidad era la de comediante. Estuvimos compartiendo mucho rato, también se encontraba allí un político ya retirado con su esposa, con ellos también estuve conversando. No podía dormirme por los nervios, ya que volar no era de mi agrado, hasta que la fatiga mental me venció y quede rendido. Desperté cuando llegó la hora del almuerzo porque una azafata me llamó.

Faltaban dos horas para aterrizar en el "Aeropuerto Charles de

Gaulle", en París. Cuando estábamos más cerca, desde la ventana empecé a distinguir la ciudad de París, se veía hermosa, se destacaba la Torre Eiffel, su parque de diversiones y los techos a distintos niveles de los castillos. Según seguíamos acercándonos ya se vislumbraban las carreteras y edificios, hasta que finalmente aterrizó la nave.

Allí tomé un taxi que los franceses llama "fiacre" hacia el hotel llamado "Reinassance París Vendome", situado en la calle Mont Thabor, era un hotel de cinco estrellas y de época.

Tan pronto llegué, me di una ducha y me acosté. Me sentía muy cansado y ya estaba oscureciendo cuando desperté. El cambio de hora me tenía desorientado y fui al restaurante del hotel. Por primera vez comí una verdadera comida francesa: "pato a la naranja" acompañado por crepes con espárragos y crema. También un café. El restaurante era muy elegante de estilo contemporáneo con pisos de madera.

El hotel era formal y austero y la suite muy confortable y bonita, compuesta por: sala, cuarto de trabajo y habitación de dormir con dos balcones hacia la calle principal, con mesitas para desayunar o comer. El servicio era magnífico y el personal muy respetuoso. Me volví a dormir a una hora temprana por el cansancio y la tensión del viaje.

Amaneció un día soleado y bellísimo y decidí dar una vuelta en taxi por el centro de la ciudad. Como a las diez de la mañana sentí hambre y comencé a buscar una dulcería para comerme un pastel francés y tomar un café. Divisé una dulcería con mesas dentro y fuera del establecimiento, al aire libre. Era el mes de marzo del año 2006. Me dirigí al mostrador y pedí en inglés un café expreso y un pastel de hojaldre que se veía en la vidriera, mientras lo señalaba a la vez que le pedía el café. La empleada no me entendía en inglés, entonces se lo pedí en español y me seguía diciendo una sarta de cosas que yo tampoco entendía. Me desesperé porque estaba muy tenso y empecé a hablar en voz alta y le increpé a la muchacha, diciéndole:

—¿En qué idioma tengo que hablar, en chino?-, La chica se rió y me dijo
—¿Qu'est ce que vous voulez monsieur? Para mis adentros me acordé de todos sus antepasados y empecé a gritar—expreso, expreso, expreso –

Entonces una voz que salía de una mesa cercana, me pregunto:
—¿Señor, le puedo ayudar?—Me viré y le pregunté:
—¿Usted trabaja aquí?

Me contestó que no, que ella también había venido para merendar con unas amigas y le contesté que por favor le dejara saber a la empleada que yo quería un café expreso y un pastel de los que estaban en la vidriera y le ofrecí, que si ella gustaba de comer algo, yo la invitaba. Hizo un gesto de agradecimiento, pero se viró hacia la chica y le dijo:

—"Un café au lait et une tarte, pour le monsieur, s´íl vous plait"

—Muchas gracias señorita -,le dije sin quitarle los ojos de encima, ¿usted ordenó algo por favor?

Ella me respondió que no, que estaba celebrando sus 60 años con unas amigas, entonces le dije muy asombrado:

—¡Sesenta años!, mi misma edad, ¡pero usted no los aparenta! Gentilmente, ella señaló que yo tampoco los aparentaba.

Acto seguido le pregunté si podía explicarme como conseguir un guía o algún medio para poder comunicarme en inglés. Me orientó que me comprara un librito donde aparecían traducidas las palabras más usadas y entonces me señaló:

—Usted me habla de un libro en inglés, pero me está hablando español, tal vez si consigue el libro en español, le va a resultar más fácil.

Le expliqué que no, que yo era americano y mi idioma era el inglés y le comenté que por lo que podía ver ella era española. Me contestó que no, que era francesa de padre francés y madre española, pero había pasado seis años con su abuela estudiando en España y había perfeccionado el idioma . Continuó diciendo:

—Bueno, ahora me voy a mi mesa con mis amigas.

Después de agradecerle me dirigí de nuevo al mostrador y ya que aparentemente la muchacha sabía lo que significaba la palabra "money", le dejé entender con señas que le pagaría lo de la mesa de ella.

Christopher se paró a unos pasos de distancia de la salida de la dulcería a esperar que ellas salieran. No podía pensar que fuera a perder de vista unos ojos tan bellos y unos labios carnosos y seductores como los de ella. Cuando la vio salir, se le acercó. Ella reaccionó muy bien por la cortesía que él había tenido con todas.
—¿Por qué hizo eso?
—Simplemente, porque era su cumpleaños y usted fue muy atenta -. Enseguida añadí:
—No quisiera perderla de vista, ¿dónde puedo contactarla para llevarla a cenar a un buen restaurante por su cumpleaños? Entonces me presenté:

—Me llamo Christopher Smith, permítame dejarle la tarjeta de mi negocio en los Estados Unidos y esta tarjeta del hotel donde me hospedo, usted puede llamar al hotel y comprobar que me he registrado en él y que he pagado por todo el tiempo que pienso pasar en Francia. ¿Me puede facilitar su teléfono o donde localizarla?

—Ella recelosa le preguntó:

—¿Qué busca usted de mí? ¿Por qué tanto interés? , A lo que le contesté:

—Porque usted ha sido muy atenta y me he sentido como si la conociera de toda la vida, por favor, quisiera que me diera el privilegio de llevarla a cenar.

Ella se me quedó mirando unos segundos, introdujo su mano en la cartera y sacó una tarjeta de negocios y me la entregó diciéndome:

—Aquí puede contactarme, tengo una boutique, que está a solo unas cuadras.

—Llámeme y hablaremos más tarde, ahora tengo que regresar a mi negocio.

El se ofreció a acompañarla pero ella le dijo que no era necesario, pues estaba a unos pasos.

Christopher no esperó a que lo llamara, cuando llegó al hotel fue a la recepción y pidió que enviaran un ramo de flores bien bonito y lo entregaran en la boutique, a nombre de Francesca Bardot. Sacó una tarjeta de su negocio y por detrás le escribió:

—Me enteré de un restaurante magnífico que no queda lejos e hice la reservación para esta noche a las 9:00, por favor, no me deje esperando. El restaurante se llama Le Maurice Alain Ducasse, 228 Rue de Rivoli, si lo desea la recojo o si prefiere ir por su cuenta nos encontramos allá. Llámeme para saber qué hacemos, gracias.

Se dió otra ducha y se puso a esperar la llamada que nunca

llegó. Cuando se acercaba la hora se puso un tuxedo que había traído y se dirigió al restaurante en taxi. Cuando llevaba 15 minutos esperando en la mesa, la vio entrar. Llevaba un vestido verde esmeralda igual que sus ojos. Eso fue todo lo que alcanzó a ver a distancia, según se acercaba se fue poniendo un poco nervioso. Una cita después de tantos años, parecía un adolescente. Ella calzaba tacones y no estaba pisando muy firme. Un camarero la había llevado hasta la mesa, al llegar Christopher se levantó y el camarero le coloco la silla. Él se quiso pasar de amistoso y la saludó en francés:

—"Bonjour mademoiselle"-, pero ella le respondió – ya es de noche, se dice Bon soir -. Él le agradeció que aceptara su invitación. El camarero esperaba órdenes y le pidieron una botella de champaña del mejor, si a ella le gustaba, y él le pidió que le preguntara al camarero si tenia el "Blanc de Noirs" de producción limitada, el camarero asintió con un gesto. Christopher quiso saber cual era el plato más popular y ella se dirigió al camarero en francés:

—"Quant a mes habitudes gastronomiques"?—Él le respondió en su idioma: "Vous pouvez varier enormement"
—Ella le explicó a Christopher que había un plato que incluía tres tipos de pescado con vegetales llamado "Le Jardin Marin", que era un plato muy caro a lo que él respondió:

—¿Qué tan caro será?, ¿cuál es el precio?—El camarero respondió que 390 euros.

Por su parte Christopher respondió:

—¿Tú crees que habrá un precio para celebrar el sesenta cumpleaños de alguien con unos ojos verde esmeralda?-,—¿Cuánto me costaría comprar dos esmeraldas? Y sin embargo en este momento, las tengo ante mis ojos gratis, lo que significa que el costo de esta cena para mi no tiene importancia.

Ella se sonrojó por el cumplido y la abundancia. Le dijo con franqueza que ella jamás había estado en un restaurante de esa categoría y con precios tan altos. Y agregó:
—Tienes que tener una posición alta para pagar estos precios por muy caras que sean las esmeraldas.

El mundo se había paralizado para los dos, ella lo miró a los ojos y por varios segundos se quedaron sin palabras, entonces Francesca se dio cuenta de que el camarero seguía parado delante de ellos esperando la orden, con su servilleta colgando del brazo, le pidió disculpas y le dijo:

 Los dos queremos lo mismo, "le jardin marin" -. El camarero tomó la orden y se marchó.

Al quedarse solos de nuevo, ella miraba a su alrededor y se maravillaba de la belleza del restaurante: chandeliers de estilo colgaban del techo, las paredes estaban tapizadas de sedas, cuadros de época, copas y vajilla de lujo, el servicio de cubiertos parecía de oro. ¡Qué bello todo!. Era una noche de ensueño, como si estuviera en un cuento de hadas con su príncipe azul delante de ella. Hacía muchos años que no disfrutaba de una noche así. Temía despertar de este sueño. Su vida estaba llena de tristes recuerdos y mucho trabajo. Le gustaba el príncipe, mucho, porque era alto, tenía porte, la tez blanca y ojos también algo claros, con un tuxedo que le quedaba muy bien. Le gustó desde el primer momento en que lo vio peleando como un loco por un café, de lo contrario, jamás hubiera acudido a la cita. Christopher al verla abstraída le preguntó si le pasaba algo.

—Estás distraída y absorta, ¿no te gusta mi compañía?—Como ella pecaba de sincera y sin ningún resquemor o rebuscamiento le contestó:

—Todo lo contrario, me encanta tu compañía, solo contemplaba la belleza de este lugar, me siento muy alagada por este regalo de cumpleaños.

Él le expresó lo feliz que le hacían sus palabras y el comprobar que sus ojos no le habían engañado cuando había visto la sinceridad reflejada en los de Francesca.

—Eres lo que no había encontrado, durante muchos años, en otras mujeres que trataron de acercarse a mí. No creas que esto es un regalo de una noche de cumpleaños por agradecimiento, me has hechizado, eres una bruja; pero no te preocupes, yo sé que eres una bruja buena y quiero que esta noche sea el comienzo de algo bello entre los dos-. Pero ella le señaló:

—No vayas tan rápido Christopher, aún no me conoces y ya me estás hablando de un comienzo.

Comieron muy despacio interactuando y hablando de sus negocios, así fue como ella se enteró que el era dueño de una empresa gomera y un negocio de bienes raíces, que era viudo desde hacia algo más de diez años, tenía dos hijos que le apoyaban en todo. También conoció que Francesca era dueña de la boutique donde trabajaba y del apartamento donde vivía, en los altos de su establecimiento. Por tanto, el pequeño edificio de dos plantas era de su propiedad.

También le habló de sus dos hijas, Camille y Chloe, las dos vivían en condados muy cercanos, pues nunca quisieron abandonarla del todo, pero tenían sus carreras y sus respectivas familias. Tenia dos nietos: Camille y Sofía por el nombre de la madre de Francesca, Doña Sofía. Chloe tenia un niño llamado Damian. Francesca había enviudado a los 48 años. Su esposo era bombero y se asfixio por el exceso de humo que le provoco un paro respiratorio. Desde entonces ella no había tenido una relación seria. De vez en cuando cenaba con algunos viejos amigos de la infancia que se habían quedado solos, y nada más.

Salieron del restaurante y él le preguntó si quería tomar un taxi o ir caminando por las calles de París hasta la boutique. Francesca miró hacia el firmamento y al ver que la noche estaba fresca y preciosa, con el cielo copado de estrellas y una luna llena que invitaba al amor, le dijo:—caminemos—. Así se les fueron dos horas bajo las estrellas, hablando de cosas sin trascendencia. Christopher de solo mirarla se excitaba cada vez más. Solo de oír su voz se enardecía de deseos y al llegar ante la puerta de ella le dijo:

—Mañana te recojo después del trabajo y nos vamos a pasear a un lugar bonito Ella era una mujer de carácter pero le gustaba mucho el príncipe, el champagne había hecho efecto y la noche era bella y sin darse cuenta le respondió:—Está bien, mañana después del trabajo me recoges y paseamos.

No había terminado de decirlo cuando Christopher le robó un beso y ella se lo respondió. Él no podía creerlo y pensó que tal vez estaba borracha y al otro día no iba a querer salir con él de nuevo, por atrevido.

Cuando Christopher llegó al hotel todavía estaba enardecido de pasión y tan contento que al encontrarse con el botones del hotel en la puerta lo agarró de las manos y empezó a girar con él botones en forma de baile. Entonces el botones le pregunto:

—Qué le pasa señor, ¿Qué le pasa?
—Es que he conocido a una francesa maravillosa.

Siguió caminando hacia el elevador dando saltos y repitiendo "maravillosa" "maravillosa" "maravillosa" en alta voz, todos los sentados en el lobby y en la carpeta lo miraban y comentaban que estaba loco. El se sonreía solo y entonces le pidió al muchacho de la carpeta que lo comunicara con los Estados Unidos donde ya estaba amaneciendo. Contesto la Nana de los muchachos y Christopher eufórico le pidió, por favor Nana ponme a Richard al teléfono.

-Hola mi hijo! Que pasa papa? Pasa mucho y nada, prosiguió.

—Explícate papa, a que vienen esos acertijos?

—Es que he conocida a una verdadera princesa, parece que la tallaron con un pincel, tiene los ojos verdes mas bellos del mundo. Hoy cumplió 60 años.

-Una princesa de 60 años, por favor papa vuélveme a llamar cuando se te pasen los efectos del alcohol.

-Es que tu nunca has visto una mujer tan bella como esta. Me siento muy feliz.

-Está bien papa, que bueno, te quiero. Bye.

CAPITULO V
(19 de enero del 2006)

Otra bella mañana en París. Francesca amanecía en su apartamento y por las ventanas abiertas de su habitación se percató que era mucho más tarde de lo que acostumbraba a despertar para bajar a la boutique y abrir sus puertas. Algunas veces, a horas muy tempranas de la mañana tenía ya dos o tres clientas esperando que abriera "La Boutique Imperial" (ese era el nombre del establecimiento) que quedaba en una de las principales calles comerciales de París. Aún no se explicaba como habían sucedido tantas cosas en tan corto tiempo.

Escasamente habían transcurrido veintitrés horas desde el encuentro en el café y ya se citaron, cenaron y se besaron, no se reconocía. ¿Qué magia tenía aquel hombre sobre ella que la enloquecía y hacía que actuara de una forma irracional? Fue a levantarse de la cama y todo le daba vueltas. No acostumbraba a tomar y aparentemente el champagne de alta calidad hacía más efecto que el barato. Entonces llamó a su Boutique y le contestó su fiel compañera, empleada y amiga Yanay. Ella era de origen español, sus padres la trajeron de España para que la ayudara en su negocio. Era una modista de primera y eso que Francesca era bien exigente.

—Aló mi querida Yanay, que bueno que ya estás en el negocio. No me puedo parar y ya las clientas deben estar por llegar. Preocupada su empleada le preguntó: ¿Y usted, mi querida, acaso estás enferma?—No,—le dijo Francesca—tengo una resaca de lo que tomé anoche.

—¿Usted con una resaca de alcohol? Si jamás bebe, ¿cómo es posible?

—Es una larga historia Yanay, ya te contare.

—No tan larga, pues hace pocas horas la deje sobria

—Luego te cuento, si llama Christopher no le digas que estoy mal, dile que he decidido dormir más-. Intrigada Yanay preguntó: -¿Y quién es ese Christopher? – Mi príncipe azul.

—Y se puede saber en qué castillo se lo encontró? – Bueno, dijo Francesca—deja ya de refunfuñar y ayúdame con la clientela. Adiós

Se volvió a tirar sobre la cama y se dio cuenta que Christopher no sabía nada de ella y ella muy poco de él. Ni siquiera sabía que esa boutique incluía un taller de costura para la confección de sus propios diseños, pues Francesca era también diseñadora de modas de alta costura. Estudió corte y costura en Cuba, ya que éste era el trabajo que su madre hacía allá y ella la ayudaba desde que tenía apenas 10 años. Tenía solo 22 años cuando se graduó de diseño en París.

Tirada sobre la cama empezó a hacer un recuento mental de su vida, no todo había sido color de rosa pero le daba gracias a Dios por haber podido llegar hasta donde estaba.

Increíble cuanto tiempo había pasado. Cuando tenía solamente seis años de edad, sus padres decidieron enviarla a España, con sus abuelos maternos, pues debido a que la situación económica en Francia iba decayendo, su padre decidió irse con su esposa para América, exactamente para Cuba, un país joven a donde muchos europeos llegaban como emigrantes, huyendo de la guerra y buscando fortuna. No quisieron llevarse a la niña hasta que estuvieran en buena posición, solamente se llevaron al niño.

Así transcurrieron tres años, al fin un día vinieron a buscarla. Su padre había obtenido una plaza de administrador en un hotel de lujo en La Habana. Como dominaba bien el idioma Inglés, Español y Francés y había muchos huéspedes norteamericanos y de otros países, se convirtió en la figura principal de ese hotel. Ese mismo puesto lo había tenido en Francia.

Residían en un apartamento en La Habana, en una parte muy bonita pero no lujosa, era un lugar donde se divisaban varias colinas y quedaba bastante cerca del hotel, además, había un colegio de monjas españolas para adolescentes, llamado María Auxiliadora, así que pensaron que la niña se sentiría allí más a gusto. En ese colegio se confirmó e hizo su primera comunión. Después las monjas empezaron a influenciar demasiado en su vida y la mandaron para un colegio mucho más caro y laico, en el que permaneció hasta los 14 años, por esa época tuvieron que regresar a Francia.

En el año 1959, el dictador que gobernaba el país, huyó de Cuba, para ese entonces el gobierno que llegó al poder, dirigido por un movimiento rebelde, resultó ser comunista, como lo declararon públicamente en el año 1961. El negocio donde trabajaba su papá había sido confiscado, y tuvieron que regresar de nuevo a Francia. Ya la madre estaba acostumbrada a una vida holgada, y empezar de cero le resultó bien difícil. Cayó en una crisis nerviosa que le tomo algún tiempo superar. Por este motivo, a los 14 años Francesca se vio en la obligación de estudiar y llevar la casa. Su padre consiguió trabajo otra vez en la misma compañía hotelera, pero su mamá no estaba en condiciones de trabajar y llevar una casa, hasta que llegó a curarse del todo, y volvió a ser la de antes.

Francesca pensaba en lo joven que se había casado, con solo 18 años. Estudió hasta los 22 años de edad y a los 23 fue cuando dió a luz a su primera hija. Ya para ese entonces estaba preparada y abrió su primera Boutique, con el mismo nombre de ésta. Estuvo cinco años sin salir embarazada y al final, cuando lo logró perdió al bebé en el parto, era un varón. Años más tarde concibió una niña. No quiso quedarse con una sola hija para que el peso de la responsabilidad no cayera solamente sobre ella. Su primera niña siempre fue voluntariosa y fuerte y lo seguía siendo, pero la segunda fue un remanso de paz.

CAPITULO VI
Inicio de la relación con Francesca

Christopher llamó por teléfono a la boutique y le contestó Yanay. Le preguntó por ella. Yanay le dijo que no se encontraba.

—Por favor, dígale que se comunique conmigo-. Curiosa preguntó: —¿Y quién es usted?
—Christopher Smith.
—Usted desea algo de la tienda, que yo pueda atenderlo
—No, muchas gracias, tiene que ser ella.

Cuando colgó el teléfono tomó un taxi y se dedicó a visitar las distribuidoras de gomas de carros y observar los negocios como funcionaban, también estuvo paseando por los alrededores del hotel y mirando las casas, los negocios. Se sentó un rato en un parque para ver como la gente paseaba los perros, ver como se vestían los habitantes del lugar… estuvo muy pensativo, pensando en Francesca y en cómo sería el presente y el futuro. Después se dirigió a una cabina telefónica para llamar a sus hijos en los Estados Unidos para saber como se encontraban y contarles como estaba él. Al llegar a la cabina telefónica sintió la tentación de llamar a Francesca de nuevo, y al hacerlo fue ella misma la que contestó el teléfono.

—Te he llamado dos veces al hotel y no te pude contactar, se que me llamaste y no se que es lo que deseabas cuando lo hiciste.

—Primero ver tus ojos verdes, segundo saber como amaneciste.

—Amanecí pensando que tu no pierdes tiempo, me diste un beso en menos de 24 horas y sin esperarlo.

—¿No te gustó el beso?—Ella se quedo en silencio y el preocupado pensando que había colgado insistió:

—¿Estás ahí Francesca? No me has contestado porque la verdad es que te gusto, quisieras repetir esa experiencia de nuevo, ¿sí o no? Ella le desvió la conversación y le preguntó:-Además del beso y los ojos verdes, ¿que más quieres?

—Estoy saliendo para allá para recogerte, almorzar y recorrer algún museo o lugar de interés y necesito una traductora con los ojos verdes -. Rápida le respondió:—Eso es fácil, a lo mejor en la carpeta del hotel te consiguen una traductora de ojos verdes.

—¿Qué te pasa, te has molestado por la sugerencia que te di? Ya más tranquilo le dijo:—No, no, lo que te digo es que estoy esperando un taxi para irte a recoger.

—Te advierto que yo tengo que trabajar y atender mi negocio, tú estás de vacaciones pero yo no, tu tienes tu vida hecha lejos de mi.

—¿Tu no podrías dejar a tu asistente en tu lugar por unas horas para salir conmigo?

—La responsabilidad no se delega, este es mi asunto y tengo que supervisar las cosas.

—Te entiendo, pero si estuvieras enferma tendrías que dejarla al frente y ausentarte por unas horas -. Ya salgo para allá, llegó el taxi—y colgó.

¡Oye, oye, que haces!, se dijo Francesca para sus adentros, este hombre es increíble, es persistente y consigue lo quiere. Entonces le gritó a Yanay, que corriera, que se iba a vestir pues venía a buscarla su príncipe. Se puso una blusa de seda blanca, con una saya negra entallada hasta media pierna, una boina de lado que hacia juego con la saya, zapatos de tacones y una bufanda color esmeralda al descuido alrededor del cuello. Se pintó los labios color rojo carmín. Cuando bajo a esperarlo, Yanay le dijo:

—Este príncipe nos va a quebrar el negocio, déjame observarlo cuando llegue para darle el visto bueno.

A los quince minutos paró un taxi frente a la boutique y le pidió al chófer que no se marchara que quería contratarlo todo el día hasta las doce de la noche. Le dijo:—no se preocupe que le voy a pagar bien. Cuando vio que no entendía nada, trató de hacerse entender, gesticulando, mientras decía: -"money, no problem",¡ok, ok!—Cuando Yanay lo vió bajarse del carro comenzó a llamarla:

—Francesca, Francesca llegó tú príncipe.
Christopher le dijo:—Señorita yo no soy un príncipe.
—Bueno, no sé lo que usted será, pero Francesca dice que es su príncipe.
—Usted no sabe lo feliz que me hacen sus palabras-, respondió rápidamente. Usted es también muy bonita y muy joven para ser una modista de experiencia.

Francesca subió a buscar su bolso que se le había quedado arriba. Enseguida bajó las escaleras pero lentamente, pues la saya era como un guante pegada al cuerpo. Cuando Christopher la vio se quedo hipnotizado por la forma en que caminaba, por su cuerpo, su piel tan linda y el atuendo que traía puesto. Se quedó sin palabras, solamente la miraba y ella bajo aquella mirada penetrante se sonrojó y le dijo -¿no piensas saludarme?—y le estiró la mano como saludo pero el se la tomó de forma que pudiera besársela, se sacó una rosa que traía dentro del saco y se la entregó, diciéndole—es roja como tus labios—. Se adelantó para abrirle la puerta y le dijo:

—Pase mi reina, que aquí esta su príncipe, porque ya sé que yo soy un príncipe.
—Por favor Christopher, ¿de dónde has sacado eso?
—Me lo acaba de informar su asistente.

—¡Cómo!, Yanay, ¿estas loca? Ya vamos a arreglar cuentas cuando regrese. Tienes la lengua muy larga.

—¿Entonces es cierto que lo dijiste?

Él le pidió que lo llevara a un lugar de comida rápida que fuera bueno y ella le dió instrucciones al chófer. Se dirigieron al "Café du Monde", Christopher no se percató del lugar hasta que se sentaron y ella le pidió un plato de los famosos "beignets", para que los probara en lo que pedían el resto. Cuando Christopher vio que eran los mismos doughnuts, que había comido en su luna de miel, se puso la mano sobre la frente, sacó un billete de la cartera y lo puso sobre la mesa, agarró la mano de Francesca e insistentemente repetía:

—Vámonos, vámonos, de este lugar -. Francesca le preguntó: -¿Qué te ha pasado?, yo no te he traído a un lugar malo, todo lo contrario. Es un lugar conocido mundialmente. A lo que él añadió:

—Ese es el problema que yo conozco el lugar porque fui a un sitio similar en mi luna de miel en New Orleans, con la que era mi esposa y me ha traído muchos recuerdos.

—Perdóname no era mi intención traerte a la mente estos recuerdos que te entristecen, si quieres dejamos el paseo para otro día.

—No, por nada de la vida dejo yo de pasar esta tarde a tu lado, eso es pasado que tuvo un final triste, pero tu eres mi presente y serás mi futuro, si así lo deseas.

Ella nunca le respondió a su insinuación del futuro, solo le preguntó:

—¿A dónde vamos ahora?—

Y el sugirió:—Vamos a una "McDonald's" que hay aquí, y vas a comer comida americana y un postre exquisito americano, el pie o tarta como le dicen, de manzana .

Ella entonces señaló:—¡Tú eres dominante Christopher!

—¿No será que yo soy la princesa y tú el rey?-. Pero él replicó:
—No, dominante no, yo solo soy un hombre.

Se comieron un "cheeseburger" con unas papitas, un "pie" de manzana y una Coca-Cola y estuvieron hablando tonterías y riéndose todo el tiempo.

Cuando salieron del "McDonald's" ella le dijo al chófer:
—El "Monsieur" quiere ver un museo y yo quiero que nos dirija hacia el mejor, el Museo del Louvre -. Entonces comenzó a contarle al chófer, —Les dimanches ma soer et moi, nous allions avec notre père au Musée du Louvre , mama restait a la maison, elle preparait un grand dejeuner pour toute la famille .

—¿De qué hablan ustedes?, no me gusta que me dejen fuera -, comentó Christopher.

—No te preocupes Christopher, estaba hablando de un recuerdo de mi padre.

Llegamos frente al museo y Christopher se quedo anonadado, maravillado. Era en verdad un edificio impresionante y fuera de serie. Ella se dio cuenta como lo miraba y le preguntó:

—¿Te gusta?, Espero que no te haya traído malos recuerdos.

—No, es una belleza arquitectónica, antes de entrar quiero ver el edificio por fuera hasta donde abarca.

—¡Sabes?, las pirámides de cristal y hierro que representan la entrada del museo fueron diseñadas por un chino-americano.

—¡Qué curioso!, con tantos franceses, tuvieron que traer un chino-americano para acá. Eso es para que veas que los americanos somos inteligentes.

Empezaron a caminar y Christopher le tomó la mano y entonces ella le preguntó: —¿Para qué me tomas de la mano?

—Yo te estoy representando como hombre, aquí, en estos momentos y no quiero que nadie se lance a decirte algo, porque ya algunos te están mirando.

Ella no retiró su mano, siguieron caminando por los alrededores de la edificación del museo y el continuaba maravillado, puesto que el museo en si, era una obra de arte. Llegaron a un lugar casi deshabitado y Christopher comenzó a quejarse. Ella se viró hacia él preocupada:

—¿Qué te sucede?

—Parece que me ha caído una basura en el ojo o un insecto, ¿me podrás soplar el ojo?—Ella ingenuamente se le acercó para soplarle el ojo y él con la mano la agarró por la nuca y le dio un largo beso, presionándola desenfrenado sobre la pared del edificio. Francesca lo empujó por el pecho para separarlo, diciéndole:

—¿Qué te pasa Christopher?

—Es que me ha dado un arrebato, porque cuando te miro me hierve la sangre, es un amor que me cala los huesos, me quema por dentro y he perdido la razón.

—Pues cálmate, que no somos dos adolescentes, somos dos personas mayores y nos están mirando.

—No sé tú, pero yo me siento como un adolescente a tu lado, me siento como si tuviera 15 años, no te has dado cuenta de que yo he encontrado la mitad que me faltaba, lo que yo buscaba, todo lo encontré en ti -. Entonces ella le quitó las manos del pecho, las subió hasta el cuello y comenzó a besarlo cálidamente, diciéndole:

—Jamás pensé encontrar un americano que fuera mi otra mitad.

Siguieron dándole la vuelta al edificio, caminando muy pegados y de la mano. Ya la multitud no contaba para ellos. Estaban viviendo su encuentro de amor a los 60 años.

Entraron al museo y que bello era todo, incluyendo el piso, Christopher dijo;

—Me encanta el piso de la entrada me entran deseos de patinar por aquí dentro.

—!Qué cosas se le ocurren a ustedes! los americanos no tienen una mente artística, mira que entrar por aquí a patinar, parece cosa de muchachos. ¿Acaso no conoces algunos de los importantes artistas que están representados aquí?

—Claro que los conozco: Elvis Presley, Frank Sinatra, los Beattles, Madonna, Michael Jackson, te puedo nombrar muchísimos artistas mas.

—No seas tonto, me refiero a pintores, escultores, obras como la Mona Lisa de Leonardo da Vinci.

—¿Qué arte tiene esa mujer tan fea?, si fuera un cuadro tuyo valdría la pena, ¡mira que linda tu estás con ese sombrerito y esa bufanda!, te voy a retratar y voy a poner tu foto, ¡esta pobre gente paga por ver gente fea!

—Mi amor, compórtate que hemos pagado para ver obras de arte, no fotografías mías y por favor quítame las manos de los glúteos que me estas haciendo pasar pena. ¡Si te sigues comportando así, nos vamos!

—Entonces, ¿para qué te pones esa sayita apretada en los glúteos?, eso provoca que en lugar de mirar el museo, sean tus glúteos lo que me atraen, ¡me tienes loco!

—Déjame guiarte y vamos a seguir viendo las obras de arte, a eso hemos venido y has pagado bien caro por esto.

—No te das cuenta que estoy jugando… lo tomas todo en serio y no vale la pena. Yo sé que en este museo hay pinturas de artistas como Rafael, Botticelli, Tiziano, obras de David y Delacroix y estoy loco por ver la obra de Medusa y las joyas del Rey Ramses II. Antes de venir para acá, utilicé la computadora en el hotel y estuve mirando los puntos de mayor interés del museo. Lo que pasa es que eres tan seria que me encanta la cara de susto que pones cuando hablo boberías.

Pasaron allí, casi toda la tarde, hasta que cerraron. Miraron infinidad de obras de arte. Cuando salían del museo le dijo a ella:

—Qué lástima que se me quedó el ratón en el hotel.

—¿Cómo que un ratón?, ¿tú tienes un ratón de mascota?

—No, lo recogí en una cloaca para ponérselo al lado a una señora fina.

—No salgo más contigo, si te vas a comportar como un loco

—Mira mi amor, escúchame que esto es bien serio, que edad tu tienes? Tu dices que 60 años y yo también. Pues no, tenemos 20 años.

—¿Cómo 20 años?

—Si, los años vividos ya no cuentan, lo que cuenta es la vida amorosa. La satisfacción sexual, viajar con la familia, compartir con ellos. Nos quedarán unos 20 años por delante, como máximo, con una vida de máxima calidad, ¿me entiendes ahora? El día de ayer ya pasó, el de mañana no sabes si vendrá, vamos a vivir el día de hoy al máximo.

—Perdóname, no he querido molestarte, pero es que yo no puedo ser como tú, cada persona tiene su carácter, pero recuerda que los polos opuestos se atraen.

Comenzó a mirar por los alrededores y se viró para ella.

—¿No hay por aquí un carrito de "hot dogs"? Esto ha sido camina y camina sin comer nada. ¡Estoy muerto de hambre!

—Estamos en un museo de lujo no en un supermercado.

—¿Quieres ir a un hotel de lujo a comer y luego te enseño mi suite?

—No....¿qué tu te has creído?, yo no soy cualquier cosa. Ya hoy has tenido varios adelantos y todavía yo no te he dado ninguna respuesta.

Le pidieron al taxista que los llevara a un buen lugar italiano para tomar un vino de calidad y comer un "Fetuccini Alfredo".

—¿Te gusta la comida italiana Francesca?

—Si te comportas como un adulto, si me gusta.

Ordenaron dos copas de vino francés de buena calidad y dos platos para compartir el "Fetuccine Alfredo" y una "lasagna". Cuando terminaron de comer buscaron una obra de teatro de burlesca. Cuando iban en camino para ese lugar, él le especificó que no lo llevara a una opera, ni a un ballet y entonces decidieron ir el burlesco. Ella se quejó porque Christopher no quería ver cosas de valor, pero en el fondo le hacían mucha gracia las locuras de él.

Fue una noche muy agradable. La dejó en su casa y al tomarla de la mano para bajar del taxi. le dijo:

—Déjame entrar en tu cuarto y así utilizo el baño.
—No…, ya te voy conociendo… después que utilices el baño no te vas a poner el pantalón, orina en el taller abajo.
—No, gracias. Yo puedo esperar a llegar al hotel.
—Eres un bandido ¿no me das un beso?
—Si, un beso con condiciones; las manos sobre mis hombros, cinco pulgadas de distancia….manitos arriba, que ya hoy tocaste bastante.
—Eso no vale, un beso así, sabe igual que un huevo sin sal, completamente insípido.
—¡O sin sal o nada, escoge!..
—Ante esas posibilidades déjame ponerte las manos en los hombros…

En lugar de eso, le agarró la nuca y pegó los senos de ella contra sus pechos, que chocaban unos con los otros
—Déjame y vete que nos está mirando el chófer, que es un hombre joven y va a pensar que somos dos viejos locos
—Hasta mañana. Mañana te recojo a las 9 de la mañana para desayunar, mi francesita rica.
—Definitivamente no tienes remedio.

Cuando puso la cabeza en la almohada todo le daba vueltas, pero no porque estaba ebria. Era un mareo producto del deseo, pues ella sentía lo mismo que él. Y pensaba,—dormir con un hombre que te gusta y que te atrae y hacer el amor toda la noche.
—Pero es un ave de paso y no quiero después de tantos años sufrir una decepción con un hombre que a lo mejor no vuelvo a

ver. Ese es mi temor. Pero es un hombre encantador, vigoroso, solvente, bien parecido, muy simpático, y casi loco. No me río, pero me encantan sus locuras, ya llevo muchos años de seriedad y creo que la vida me debe dar la oportunidad de sentir de nuevo como mujer, porque como él bien dijo, me quedan 20 años o menos por vivir -. Poco a poco se quedó dormida, pensando que este sueño fuera realidad, pero nunca había sido muy optimista. Como a la 1:00 a.m. sonó el teléfono. Se tiró sobresaltada de la cama y agarró nerviosa el teléfono:

—¿Quién es, quién es?

—Francesca soy yo, Christopher.

—¿Qué tú haces llamando a estas horas?, me has asustado.

—Es que quería preguntarte si tú también te has enamorado de mi, no me puedo dormir sin saberlo.

—¿Sabes algo Christopher? ¡te vas a dormir sin saberlo!, hasta mañana…y le colgó el teléfono.

CAPITULO VII
Comienzan los paseos y los sentimientos recíprocos

Yanay arreglaba la vidriera, para mostrar la nueva colección del verano, cuando vio aparcar un taxi. Eran las 9:00 de la mañana.

—¿Será posible que ya este príncipe esté aquí?—refunfuñó Yanay.

En ese momento sintió un tropel de tacones por la escalera, se viró y le dijo a Francesca:

—¿Para dónde vas a esta hora?, ¿es que tu príncipe me va a pagar el sueldo doble por hacer tu trabajo y el mío?

—No te preocupes Yanay cuando él regrese a los Estados Unidos tu te tomas unas vacaciones.

Él tocó el timbre y Yanay, no muy convencida lo miro seria. Francesca quitó a Yanay y le abrió ella misma.

Cuando Christopher la vio, le dijo:

—¿A dónde tu vas Francesca?, vamos a caminar todo el día, vamos a ver la Torre Eiffel por la mañana y el Castillo de Versailles por la tarde. Quiero ir al centro de la ciudad para comprarte algo lindo, por favor, quítate esos tacones y ponte una ropa cómoda, mira lo que yo me he puesto, un pullover y pantalones de mezclilla. Ella entonces le respondió:

—¿Por qué no me avisaste?

—Si te da mucho trabajo quitarte la ropa yo te ayudo

—¿De veras? ¡ qué gracioso !, te agarras de cualquier circunstancia para lograr tu objetivo, ahora bajo.

Al quedarse solo con Yanay, ésta le dijo:

—Usted es un poco fresco, mira que decir que va a subir a desvestirla, que bien se ve que no la conoce, ella es una mujer muy recta. Tiene que estar bien enamorada para salir corriendo de esta forma y que conste, ha tenido muchos pretendientes y no había aceptado ninguna invitación.

Yanay movía la cabeza de un lado para otro y decía.

—No lo puedo creer-. Christopher por su parte le dijo:

—¡Ah! se me olvidó algo en el carro.

Cuando regresó venía con dos ramos de rosas, uno rojo y otro rosado. Entonces le dijo a Yanay:

—Las rosadas son para ti, que eres una chica encantadora y por favor ponle las rojas en un búcaro a Francesca, si no más nunca salimos de aquí.

—Muchas gracias, es usted un caballero.

En ese instante ya Francesca llegaba al primer piso y el le dijo:

—¡Qué contento estoy!, Yanay me contestó la pregunta que te hice anoche y que tú no me quisiste responder.

—¿Qué pregunta te contestó Yanay?

—Me dijo que tu estás muy enamorada de mi.

Francesca parecía que echaba chispas por los ojos, cuando se viró hacia Yanay.

—¿Qué es lo que te propones?, ¿declararte por mi? ¿En qué momento yo te dije que estoy enamorada de él?

—No es necesario, se le ve por encima de la ropa, dijo Yanay.

Entonces Christopher preguntó:

—Bueno, ¿es cierto o no?, lo que dice Yanay.

Ella lo miro seriamente y le dijo.

—No se si esta declaración sea mi perdición, pero creo que sí, que me enamore de un recoge ratones de la calle.
—Yanay dio un brinco, y preguntó si era verdad que recogía ratones. Él le contesto:
—¿Quieres uno de mascota?
—¡Ni te atrevas!.

Francesca le dijo que desde anoche estaba con ese jueguito, pero que era mentira. Christopher planeaba ir con ella a escoger su regalo de petición. Salieron en el taxi, se dirigieron a un café español para desayunar. Cuando el taxista los dejó le pidieron que regresara unas tres horas más tarde y los recogiera allí mismo para dar una vuelta. Él desayunó como cuando era niño en Cuba: un café con leche con tostadas y después un expreso que compartieron, pues ella pidió lo mismo. Ya el había preguntado en el hotel por una joyería de lujo y se dirigió al lugar llevándola de la mano. Se pararon frente a las vidrieras que estaban adentro de la joyería y le dijo a ella:

—¿Qué te gusta?
—No, no tengo nada en mente, ¿a qué se debe esto? ¿a la petición?
—Si, a la petición y a un largo camino que tenemos por recorrer de la mano, escoge, ¿que quieres?

Ella señaló un collar de perlas que tenia el broche con un piedra de esmeralda, pues pensó que no era muy costoso. El dependiente llamó al dueño y le dijo lo que él quería, y le preguntó si tenia idea del valor de esa prenda, ya que costaba 16,000 euros. Cuando ella escuchó eso, se viró rápidamente y le dijo que ahora si había comprobado que estaba loco. Pero él la tranquilizó diciéndole que no se preocupara.

—Yo no voy a permitir que me regales algo tan caro, dijo Francesca.

—¿Caro? Yo no sé de arte pero si conozco de joyas y ésta tiene un buen precio, ¡cuanto no pagaría yo por mirarme en las esmeraldas que hay en tus ojos!

Entonces, saco su tarjeta de crédito negra, le pidieron una identificación, presentó su pasaporte, pasaron la tarjeta para comprobar si tenia suficiente crédito y llamaron al banco internacional para comprobar que la tarjeta no estaba perdida o robada, y después de terminada la transacción pidió que enviaran el collar, personalmente, a la dirección que ella les iba a dar. Francesca llamo a Yanay desde la joyería y le pidió que pusiera la entrega en la caja de caudales inmediatamente después que la recibiera.

Salieron a caminar por las calles de la ciudad mirando las vidrieras de las tiendas y fueron para la Torre Eiffel, compraron el ticket de entrada. Al momento que entraban en la torre, él le contó que a pesar de que Francia se había llevado todo el mérito de su construcción, atribuyéndoselo al Sr. Gustave Eiffel y que hoy en día se le consideraba un monumento netamente francés, la construcción de la torre se debió a la labor de un cubano llamado Guillermo Pérez Dressler, algo que no todos conocían. Ella muy airada se viró y le dijo:

—Claro que no voy a creer eso, tenia que ser un cubano y no un francés, como piensas que voy a creer eso?
—Si no lo crees cuando llegues al taller búscalo en internet, si es mentira dime todo lo que tu quieras, pero si compruebas que es verdad, me tienes que dar doce besos en público.

Ella llamó a Yanay por teléfono y le dijo:

—Búscame esta información en la computadora y llámame cuando la encuentres.

Siguieron subiendo en el elevador y cuando llegaron al final, desde el mirador se veía toda la ciudad de París. ¡Qué vista tan maravillosa! Abarcaba los cuatro puntos cardinales. La posición en que se encontraban también era maravillosa, pues Christopher estaba recostado a su espalda contra la baranda, entonces él le dijo:

—Aparentemente el collar de perlas ha influenciado bastante y te has soltado un poco, nunca pensé que, en lo alto de la torre, ibas a estar recostada a mí, en público. Si lo llego a saber, te compro un collar de brillantes antes.

—¿A qué se debe esta retórica? ¿Qué tu piensas de mi? Que me puedes comprar con un collar?

—Yo solo pienso que eres maravillosa.

En eso sonó el celular de ella, era Yanay. Le dijo que era verdad, que un cubano construyó la Torre Eiffel. Le dio las gracias a Yanay, se viró hacia Christopher y comenzó a darle besos por toda la cara y la boca. Él ya no se acordaba ni de la apuesta y le dijo:

—¿Qué es esto? ¿Esto es también por el collar?

—No seas prepotente, es que perdí la apuesta.

—¡Ah…! entonces el loquito americano tenia razón.

—Tu siempre ganas, pero recuerda que hay dicho muy famoso que dice así, "las mujeres nunca pierden y cuando no ganan empatan", también un francés de apellido Eiffel contribuyó a la edificación de la torre.

—Yo nunca dije lo contrario, pero el cubanito fue el principal.

Salimos caminando de la estructura conocida también como la "Dama de Hierro", hacia el taxi. A Christopher le empezó una fatiga y se sentía muy mal. Tenía revoltura en el estomago y deseos de vomitar y llegando casi al carro tuvo que inclinarse para vomitar en la calle. Le pidió al chófer que lo llevara lo antes posible para el hotel. Ella insistía en llevarlo a un hospital, pero él se negaba. Al llegar al hotel se dirigió al carpetero y le pidió que le localizara a un médico, que fuera lo antes posible, que él pagaría todo.

Christopher le pidió a Francesca que se fuera en el taxi para su casa, pero ella insistió en quedarse hasta que él mejorara. Cuando entraron en la habitación tuvo que correr hacia el baño pues los vómitos eran incontrolables. Ella entonces se dirigió al teléfono y pidió que urgentemente localizaran al médico del hotel o a una ambulancia.

Cuando llegó el médico, lo revisó, y lo auscultó, mientras el seguía con los vómitos. El doctor le preguntó que había comido y entonces ella le explicó que había tomado café con leche con una tostada y un vaso de agua. El médico le dijo que eso parecía ser una bacteria, que si había estado tomando agua corriente es probable que fuera eso.

Le dijo que le iba a poner una inyección para detener los vómitos, pero que tratara de no pelear contra el sueño que iba a sentir, pues eso precisamente era lo que le iba a cortar los vómitos.

Me dormí y me desperté varias horas después. Miré alrededor de la habitación y encontré a Francesca acostada en una "chaise-longe" o sofá de descanso, vestida y encogida de frío. Yo estaba en ropa interior, me habían quitado la ropa de calle estando dormido. Fui al baño y me hice un aseo personal, me perfumé y me cambié de ropa interior, no quería que ella me viera en esa facha. Entonces una vez aseado, me le acerqué, le di un beso, y le dije:

Despiértate y ven para la cama para que estés más cómoda, todavía no me siento bien, pero tú no puedes seguir encogida en ese sofá. Es muy tarde, para tomar un taxi prefiero que te quedes acostada al lado mío. No voy a molestarte, ya te dije que no me siento bien, ponte cómoda y descansa.

—¿Quieres que pida algo sencillo de comer para que lo traigan al cuarto?, yo voy a pedir un Canada Dry.

Ella deseaba que le trajeran un jugo y unas tostadas con queso. Llamé al servicio y en 15 minutos nos trajeron el pedido. Después, Francesca se quedó en ropa interior debajo de la sábana y yo me porté caballerosamente para cumplir con lo que le había prometido, además no estaba en condiciones de hacer nada más. Dormimos hasta las 8 de la mañana, entonces ella se vistió y se fue para su taller.

Llegando al negocio Yanay la estaba esperando algo preocupada.

—¿Dónde pasaste la noche? ¿con tu príncipe?

—Si, estuve toda la noche con mi príncipe pero el no estaba conmigo, algo le cayo mal y se puso grave, me quede cuidándolo toda la noche.

—¡Qué luna de miel tan pesada!, le dijo Yanay".

Francesca le pidió a Yanay que le mostrara lo que habían traído de la joyería y cuando abrió el paquetico, Yanay se sorprendió con lo que vio y le preguntó si era legítimo o fantasía. Entonces ella le contesto que tenía más o menos el valor de toda la mercancía de la boutique. Yanay continuó preguntando.

—¿Qué vas a hacer?, ¿cuándo lo vas a estrenar?

—No sé, deja ver si podemos ir a un gran teatro o a la opera, pero eso va a ser difícil, porque no quiero llevar a Christopher a ver algo que no le guste.

Yanay le sugirió algo inesperado:

—¿Por qué no lo invitas y te lo pones desnuda en la cama?"

—No quiero que el collar opaque mi persona.

—¿Cuándo piensas entregarte a él?

—Si supieras, en eso estuve pensando toda la noche, ya va siendo hora, no soy una chica y me parece un hombre serio y bien interesado en mi. Hay tiempo para todo y no me voy a entregar tan rápido porque se va a creer que soy una mujer fácil y tu sabes que yo no me he entregado a nadie antes. Él me ha hablado mucho de su vida y de su matrimonio. Me ha hablado muy bien de su esposa, me ha dicho que estuvo enamorado de ella toda la vida y que todas las semanas le llevaba flores y un platico con el postre favorito de ella. Yo le pregunté para qué le llevaba dulce si ella no se lo podía comer y él me dio una respuesta sabia:

—¿Y para qué tu le pones flores a tu difunto esposo si no las puede ver ni las puede oler?

No me quedó otro remedio que admitirlo: es un hombre de familia y un empresario de negocios. Es muy juguetón y a veces parece un loquito americano, pero eso es lo que más me gusta de él. Entonces Yanay le preguntó:
—¿Cómo es que siendo tú tan seria, te enamoras de un loquito?
—Recuerda que lo frío y lo caliente cuando se mezcla sale tibio y resulta agradable, eso es lo que pasa. Déjame agregar algo más, antes de terminar, no me interesa su posición, me interesa su amor y su respeto y me ha demostrado ser un caballero a pesar de ser loquito. A lo que más temo es que si llegamos a tener una relación seria, me pida que me vaya a vivir con él a los Estados Unidos, ya que él no va a abandonar su vida y yo también tengo la mía aquí, mis hijos y mi negocio. Eso me preocupa bastante y a esto es a lo que yo le temo, por eso he titubeado.
—Entonces, ¿yo no soy nadie en tu vida?, dijo Yanay
—¿A mí me dejas aquí?
—Tampoco a ti te voy a dejar, pero tú vas a formar tu familia y no vas a quererla dejar atrás, ¿tu crees que no me he fijado que te recoge un policía todas las tardes?

En ese momento sonó el teléfono y ella salió corriendo. Era Christopher que no se sentía bien.
—Hola mi reina, ¿cómo estas?, ¿qué piensas hacer esta tarde?

Todavía no me siento fuerte y te agradecería que te pases la tarde aquí conmigo. Me haces mucha falta.
—No te preocupes dentro de un rato salgo para allá.

Yanay, indiscreta como de costumbre le dijo:
—¿Quién te llamó, tu príncipe o tu loquito americano? ¿cómo quieres que le llame?
—Me quedo con el loquito y tú, zorrita, ¿cómo quieres que le llame al tuyo, policía o gendarme?
—Más bien le puedes decir: el tipo ese que está tan bueno, que me trae de cabeza.

CAPITULO VIII
Un intenso romance

En cuanto Christopher colgó el teléfono, pidió por favor, que le trajeran lo antes posible, dos botellas de champaña, un ramo de rosas rosadas y un mantel de mesa plástico grande. Pidió además, una vasija con hielo para el champagne. Unas fresas naturales con chocolate, quesos variados y una porción de caviar.

Ella, por su parte, comenzó a ducharse, se vistió con algo cómodo pero bonito y fino, porque iba a un hotel de lujo, pero como pensaba ir a cuidar un enfermo debía estar cómoda. Cuando se iba Yanay le grito:

—¿Te duchaste? Acuérdate que vas para la cueva del lobo y si vas de Caperucita te puede comer.
—¡Ay Yanay, por favor!, él está enfermo.
—Sigue creyendo eso, yo no iría tan tranquila, dijo Yanay.
—¿Sabes algo?, que pase lo que tenga que pasar.
—¡Así se habla!
Entonces tomó un taxi y salió para el hotel. Entre tanto, ya él se había duchado y se puso para esperarla, una bata de baño de felpa bien atada a la cintura, sin ropa interior. En ese momento lo llamaron de la recepción y le comunicaron que la Sra. Francesca estaba allí y deseaba subir. La mandó a pasar, la esperó en la puerta y se saludaron. Se dieron un beso.
—¿Cómo te sientes? no te veo tan mal.
Para sus adentros pensó que Yanay estaba en lo cierto, había

caído en "la boca del lobo". Lo que no sabían, ni el "lobo", ni Yanay era que ella había traído el collar en la cartera y que cuando se presentara el momento adecuado se vestiría solamente con el collar.

En la habitación Julio Iglesias cantaba una canción en francés: "La Vie en Rose". Enseguida ella la reconoció.
—¿Conoces esa canción?
—Por supuesto, es La Vida en Rosa cantada en francés por Julio Iglesias
—Así es mi vida al lado tuyo, un jardín de rosas rosadas.

Francesca también observó que había fresas con chocolate, caviar, una botella de champaña fría y un ramo de rosas rosadas, todo muy disimulado detrás de una cortina transparente. Estoy muy nerviosa, pensaba, pero me voy a poner el collar.

—¡Ah!, te veo sonrojado quieres que pida un termómetro a la recepción, yo creo que tienes fiebre.
—No, no es fiebre es un fogaje de pasión cuando te veo.
—Yo creo que me contaste una historia triste para hacerme llegar aquí, pero ya no te duele nada, eres un loquito, mi loquito. A lo que él le respondió:
—¿Tú me permites bailar y cantarte bajito al oído unas estrofas de una canción de Luis Miguel, ¿sabes de quien te hablo?
—Por supuesto, es un artista conocido internacionalmente y tu siendo americano, ¿de dónde tú conoces tanta música en español?
—La conozco porque la nana de mis hijos es mexicana y siempre pone el radio alto.

Comenzaron a bailar y a tararearle la canción "Alondra"-

La canción decía:
"Me muero por llevarte al rincón de mi guarida y es que no

sabes lo que tu me haces sentir, si tu pudieras por un momento entrar en mi, sabrías el calor en mi sangre, que se muere en mi el orgullo, quisiera tenerte en mis brazos y es que ni un minuto yo puedo estar sin ti, en este espacio que es espacio tuyo ya".

Ella le dijo que la canción era muy bella.

Rápidamente los labios de él empezaron a deslizarse suavemente por las orejas y el cuello, luego la mano se deslizó por la espalda de ella hasta llegar a la cintura y después subió hasta el brassiere y lo desabrochó

—¿Qué tu crees que yo pueda hacer ante este recibimiento, qué es lo que tu quieres?
—¡Que seas mía!

Siguió con sus manos acariciando los senos por debajo del brassiere mientras seguían bailando suavemente al son del disco romántico de Julio Iglesias. Ella dejó descansar el mentón sobre el hombro de él, entonces se tomó la libertad de quitarle la blusa y dejarle los pechos al descubierto. Se quedó maravillado ante esos pechos tan bien formados sin cirugía a pesar de los sesenta años que tenía y de sus pezones rosados y alargados muy apetitosos. Ella suavemente introdujo sus manos en el pecho de él y con la otra mano desató el cinturón de la bata de baño. Sin darse cuenta tropezó con la parte mas varonil del hombre, lo cual le causó gran turbación, ¡no sabia donde meterse! Le dijo:
—Esto no me lo esperaba, y eso que estabas enfermo. Ahora me doy cuenta lo mal que te encontrabas anoche, dormí a tu lado en ropa interior y ni te percataste
—Sí, pero después me quedé todo el día pensando en como perdí esa oportunidad, por culpa de la inyección que me pusieron para los vómitos y eso me llevo a este momento, no iras a rechazarme ahora, verdad?
—No, ya yo soy toda tuya

Entonces el le desabrochó la saya dejándola deslizar por todo su cuerpo hacia el piso, inmediatamente le quitó el panty y lo dejó que se deslizara también. Comenzó a acariciarle los glúteos, hizo que retirara la ropa de los pies y la viró de espaldas a él, entonces suavemente empezó a deslizar los dedos por los alrededores de la vagina. Ya en ese momento ella estaba febril y casi a punto de pedir un termómetro.

—Soy como un volcán dormido que este loquito ha logrado despertar, que haga erupción y provoca en mi una pasión desatada incontrolable.

—¿Qué te pasa mi francesita que tienes los ojos en blanco?

—Es que siento algo excepcional pasar por mi piel, tengo el cuerpo tembloroso y estoy erizada de placer, no se que has hecho conmigo para llevarme a este éxtasis, soy tuya, por favor llévame ya a la cama

Cuando llegó a la cama se la encontró cubierta con un mantel de nylon. El le dijo:

—Échate hacia atrás y ponte esta almohada en la cabeza, confía en mi, yo quiero hacerte sentir toda mía

Entonces tomó una botella de champagne que estaba tras la cortina y le quito el corcho. Fue hacia ella, sin copas, cuando llego a su lado le fue rociando pequeñas gotas de la bebida por todo el cuerpo, desde el cuello hacia los pies, ella saltó y le dijo:

—¿Qué es esto? ¿Tú me estás adobando para luego comerme?

—Espérate que aún no termino

—¿Qué me vas a hacer ahora?, loquito

—No te preocupes, ya vengo con el resto

Entonces tomó el ramo de rosas rosadas y comenzó a deshojar las flores y cubrirle el cuerpo con pétalos, por último cogió una rosa completa y se la colocó en la pelvis.

—¿Qué estás haciendo?

—Un jardín en tu cuerpo, quiero deslizar mis labios por todo tu cuerpo, quitarte pétalo a pétalo con mis labios.

Ella no hablaba, solamente gemía y decía una y otra vez, ¡ay, ay, ay!, no de dolor sino de placer.

—Jamás imaginé vivir una fantasía tan sublime como ésta, me has llevado a la cima del cielo

—Eso es precisamente lo que yo quería, que jamás hubieras sentido al lado de otro hombre, lo que estás sintiendo conmigo

Concluyó en ella su tránsito pasional y se viró hacia él, besándolo una y otra vez por todo su cuerpo.

Pero ese no fue el final, Francesca le dijo que se iba a duchar y descansar un rato, entonces mientras ella se duchaba él recogió la cama, le quitó el nylon, abrió la botella de champaña fría y colocó la mesa con los manjares

Después de bañarse, se peinó, se retocó, y como había traído el collar en la cartera, salió del baño totalmente desnuda, solamente tenía puesto el collar. Él se quedó anonadado. observándola tan bella, parecía un hada desnuda. Ella se dio cuenta del asombro en su mirada. El pronunció unas palabras, que ella sabía a pesar del poco conocimiento que tenía del idioma ingles. el seguía repitiendo:

—¡Oh God, oh God!, esto no me lo esperaba -, la cargó en peso, y la llevó de nuevo para la cama, envuelta en sábanas de seda. En ese momento empezaron a danzar juntos, la danza más antigua de todos los tiempos.

A Francesca le corrían las lágrimas por la cara.

—Ahora si estoy viviendo el cuento de "Cenicienta" en los brazos de mi príncipe, no en cuento, sino en realidad. ¡Me siento muy feliz!

Al ver la franqueza, la sencillez y la nobleza sin rebuscamientos de ella, los ojos de Christopher también se empañaron, ella se dio cuenta, y le dijo emocionada :

—Me has llenado de champagne, de pétalos de rosa, me has traído a una cama de seda y me has alimentado con manjares dignos de una princesa, ya no puedo decirte mas loquito, eres todo un caballero y me siento honrada con tu amor, ¡eres maravilloso!..

Comenzaron a tomar champaña y a comer. Se sentaron en un banco en el balcón y miraban la belleza del paisaje. Ya había caído la noche y el cielo de París estaba cubierto de estrellas. Los dos estaban vestidos con las batas de felpa del hotel y seguían tomando el Champagne. Él se puso alegre de nuevo y ella ebria por el alcohol. Jugaba y danzaba por el balcón y después en el cuarto, mientras se quitaba la bata le decía una y otra vez:

—Ven, mi príncipe y mójame de nuevo, lléname de rosas y come los pétalos encima de mi cuerpo.

—¡Aquí estoy listo para comerte!

Francesca había recuperado el apetito sexual y bajo los efectos del alcohol estaba desorbitada, hasta que se tiró en la alfombra y se quedo dormida, entonces la cargó y la puso sobre la cama. le quito el collar y se lo guardó en la cartera. Al poco rato se recostó y se quedo dormido de nuevo. Alrededor de las 4 de la mañana, ella comenzó a echarle goticas de agua en la cara y le decía:

—Levántate que la noche es larga.

 Christopher se asustó, pues estaba rendido y pensó que ella estaba alucinando por el efecto del alcohol.

—¿Estás borracha mi amor?

—No, estoy muy clara, lo que pasa es que ya destapaste la caja de Pandora y ahora prepárate, porque soy yo, la que te va a atacar constantemente.

Él se dijo para sus adentros ¡Ay Dios ¿que he echo? Ella, sin inhibiciones, se le tiró encima y empezó a hacerle el amor. Fue una batalla de amor hasta el final. Él se levantó y se duchó, entonces al ver la hora que era, le dijo:

—Levántate mi amor y vístete, que nos vamos a dar una vuelta en el tren rápido de París.

Ella se sentó frente a él y muy seria le dijo:

—Ahora vamos a hablar en serio, ¿que paso es el próximo que quieres dar?

—Conocer a tus hijas pues quiero decirles que mis propósitos son firmes y quiero que seas mi esposa en un futuro.

—Tú sabes que tenemos un conflicto grande pues tú vives en los Estados Unidos y tienes tu negocio y tu familia allá y todo eso yo lo tengo aquí. Yo sé que tú no vas a renunciar a lo tuyo y a mi me costaría mucho dejar lo que he logrado yo sola con tanto esfuerzo.

—No quiero ser egoísta, le contesto Christopher, yo comprendo que tu negocio es muy atractivo y tiene un significado muy importante en tu vida, pues fue el sostén tuyo y de tu familia cuando tu esposo murió, pero el mio es mucho mas solido y mas grande puesto que es un empresa internacional, ademas podemos estar juntos. Yo te prometo que al lado mio te espera una vida confortable, estable y sin preocupaciones.

—Y entonces, ¿qué hago con mis hijas y mi negocio?

—Tu negocio lo puedes vender o entregárselo a tus hijas o a la propia Yanay. Yo puedo remunerar el valor de tu negocio y regalárselo a ellas. Yo tampoco puedo renunciar a mis hijos, quisiera que fueras a pasar una temporada conmigo allá y entonces legalizamos tus papeles para un matrimonio seguro, pues a la vez que entres al país, casada con un americano y como inversionista todo se resolverá más fácil en los Estados Unidos. En cuanto tu seas ciudadana americana tú puedes reclamar a tus hijas y entre tanto, ellas pueden visitarnos y nosotros a ellas. Recuerda que la Biblia tiene un texto bien claro, donde establece que la esposa abandonara a su madre y a su padre, formará su nueva familia y seguirá a su marido.

Continuaba hablando Christopher:

—No estamos pensando en abandonar a nadie, recuerda que el amor también es sacrificio y a través de un gran sacrificio recibes un beneficio al final y eso es lo que te propongo: amarnos toda la vida hasta que la muerte nos separe y si así lo deseas vamos a formar una unión y una familia.

Ella se vistió, muy pensativa y le dijo que no le iba a dar una respuesta inmediatamente, le suplicó que le diera un margen de tiempo.

—Muy bien, estoy de acuerdo, piénsalo, pero debes tener en cuenta que nos quedan pocos días juntos en este viaje y ya tenemos cierta edad. no nos podemos dar el lujo de esperar años para decidirnos. Esta reflexión que te voy a decir es muy real, piensa bien, pues la muerte esta tan segura que tiene toda la paciencia para esperar por nosotros.

—Christopher, vamos a dejar estas decisiones para cuando volvamos a encontrarnos, nos quedan solamente cuatro días juntos. Si tú no regresas, ¿cómo crees que voy a sentirme yo? No quiero ni pensarlo. Tal vez tú no me creas, pero pretendientes no me han faltado. Muchos insistieron hasta el cansancio y jamás me entregue a ninguno, sin embargo me entregué a ti, con una pasión desconocida para mí y que nunca pensé sentir a mi edad. En toda mi vida me había desbordado en caricias y besos como le he hecho contigo. Por favor, vamos a hablar cuando vuelvas a Francia o cuando yo vaya a verte a tu país. Ahora quiero que me lleves a mi casa para cambiarme, pasar otro día inolvidable a tu lado.

—Por favor, apúrate que el tren rápido se nos va. Igual que ese tren rápido, se nos puede ir la vida, esperando un reencuentro que yo deseo con ansias, pero que tal vez nunca llegue.
—No me hables así. ¿Es qué acaso estás enfermo? o ¿es qué yo he sido un ave de paso en tu vida?

—Perdona que acuda a lo material como prueba de mis intenciones y de este amor loco que siento por ti. Yo puedo ser un americano millonario pero he crecido dentro de una familia de principios y antes de entrar en tu vida formé una familia ejemplar, pero volviendo a lo material, ¿tu crees que un collar como el que te regalé se le puede dar a un ave de paso? No mi francesita, tu llegaste a mi vida para quedarte. Ya no concibo los días sin perderme en el destello de tus ojos y créeme que nunca pensé reencontrar el amor a los 60 años.

Tomaron un taxi y salieron para el negocio de Francesca que no estaba nada lejos del hotel. Eso precisamente facilitó el primer encuentro de ellos en un café, que se encontraba cerca de ambos lugares. Cuando llegaron a la boutique, Francesca subió rápidamente las escaleras y se cambió la ropa del día anterior por un juego de chaqueta y pantalones de una tela muy vaporosa, un modelo con mucha clase color marrón. Se puso unos zapatos de tacón bajo, se perfumó y se retocó de nuevo. Salió corriendo del cuarto para irse, pero se dio cuenta de que otra vez dejaba el bolso. Christopher le dijo:

—Siempre se te está quedando el bolso, tienes que tener cuidado por la calle, ¿por qué no dejas el bolso aquí y llevas las llaves y el teléfono en una bolsita pequeña?
—Tienes razón Christopher, pero entonces no me puedo retocar los labios.
—Para qué tanto retoque, si a mi me gustas sin retoque y desnuda. Déjame decirte que estás preciosa.

Ella tomó un papel y pluma y le dejó una nota a Yanay. "Buenos días amiga, me voy con mi rey a pasar otro día de ensueños. Un beso, Francesca". Cuando Yanay llegó una hora mas tarde y leyó la nota, dijo para sí,—mira que cosa, ahora si se enamoró la francesa .

CAPITULO IX
Viaje a Niza

Llegaron a la Estación de Trenes de Alta Velocidad de París y compraron boletos para Niza. El viaje duraba unas cinco horas y media. Era temprano, apenas las 7:15 de la mañana, el tren salía a las 7:30. Llegarían a Niza a las 12:30 del mediodía. Christopher pidió boletos de primera, con cabina. Francesca preguntó:

—¿Y para qué con cabina?
—Para hacer el amor al compás del tren. Nunca he podido hacer el amor en un tren, ni en un avión.
—¿Es que acaso te sientes más varonil, más arrollador en un tren, en un avión, o en un carro?
—Eso es solo una fantasía, en el carro si lo he experimentado, ¿y tú?
—No, yo no soy exhibicionista.
—¡Qué cosa eh!, Cualquiera te lo cree con esos ojitos y ese movimiento en la cama, te me estas pareciendo a "la gatica de María Ramos, que tira la piedra y esconde la mano".

Ella le dijo entonces:
—Qué pena que no me lo dijiste cuando estábamos en mi casa!, Hubiera traído un desavillé bien sensual para mover más las caderas.
—Tu no necesitas un desavillé, a mi gustas desnuda y con el ajetreo del tren no te vas a tener ni que mover-.Francesca comenzó a besarlo frente a la cola de la taquilla y le dijo:

—Me gustas tanto, no se que has hecho conmigo, que he perdido la cabeza.

—Ya sé que estás desviada de tu rumbo, ¡mira que besarme delante de toda esta gente y no darte cuenta!

—Te toqué los glúteos en el museo te pusiste brava, te enrojeciste y me regañaste y ahora aquí, tengo que llamarte la atención.

—Eso fue antes del champagne, los pétalos, las fresas y otras cosas que te tengo que decir al oído en la cabina.

—Ya te dije que te estoy cogiendo miedo, pero tenemos más de cinco horas en la cabina.

—Menos mal que el vaivén del tren me va a ayudar, porque cinco horas en una cabina contigo, me dejarán, que no voy a poder ver nada en Niza.

—¿Y acaso no vamos a ver un rato el paisaje?

—Sí, el paisaje de tu cuerpo desnudo, los ojos tuyos que serán la luz sobre los dos. Los dos picos que tienes en tu pecho, el Monte Everest y el río caudaloso que lo atraviesa, Yo no quiero más paisaje que eso. Pero yo quiero ver a Niza, quiero conocer a Chloe, tu hija pequeña y su familia.

—Pero ella no nos espera, están trabajando.

—Por favor llámala, dile que estamos en camino en el tren, que llegaremos a su casa alrededor de las dos de la tarde y pasaremos unas horas con ella. Tenemos que coger el tren de regreso a las 7:11 p.m., así que solamente podemos estar con ellos hasta las 6:00 de la tarde.

En la estación había un letrero en inglés, francés y español, que explicaba que la estación de Niza tenía buenos enlaces de transporte público, al igual que el aeropuerto, ambos se encuentran conectados por trenes que llevan a los pasajeros a distintos lugares, pero además Niza es una ciudad fácil de recorrer a pie.

—Tú estás loco, tú no sabes cuánto hay que caminar en Niza, tenemos que tomar un taxi.

Cuando estaban en la cabina, "descubriendo los caudales del río que atravesaba el Monte Everest", sonó el celular de Francesca. Era su hija respondiéndole la llamada que le había hecho anteriormente, muy sorprendida y contenta. Les dijo que ella y su marido los iban a recoger a la estación de trenes. Fue una interrupción de varios minutos, en un momento inoportuno, pero de todas formas era una tranquilidad saber que los recogerían.

Después de esa interrupción reanudaron lo que estaban experimentando. Francesca le recordó que hacía ya dos horas que estaban en la cabina y que no habían visto nada del paisaje. Entonces el la tranquilizó diciéndole que no se preocupara, que con dos horas que pasaron en el cielo podrían regresar a la tierra y mirar el paisaje.

—Si yo sé —respondió ella -,al regresar a París volveremos al cielo y después vamos a dormir junticos en el "flat bed" de la cabina. No todo puede ser fantasía, mi amor.

—Bueno, disfruta la fantasía cuando se pueda, pues hay momentos en lo que las circunstancias no nos permiten fantasear, respondió Christopher.

Llegaron a Niza y la hija le presentó al esposo, ninguno de los dos hablaba mucho inglés ni español, pero Francesca le servía de intérprete. Lo primero que les ofrecieron fue llevarlos a comer a un restaurante, pero como ya habían almorzado en el tren y también habían pagado por una buena cena en la cabina en la noche, declinaron la invitación. Entonces Chloe le pidió a su marido que se detuviera en una dulcería exquisita para comprar una merienda consistente en café, dulces y pasteles,"tout un assortiment de biscuits", como se diría en francés.

Cuando comenzaron a hablar, la hija, la madre y el yerno, Christopher se separó y se puso a jugar con el niño de tres años, puesto que se percató de que hablaban de algún problema. Por la expresión de los ojos y el movimiento de las bocas se podía entender que había tensión y disgusto en la conversación. Él no tenia idea de lo que hablaban pero Francesca lo miraba de vez en cuando y el podía ver tristeza en su mirada, pues los destellos de luz que emitían sus ojos estaban apagados.

El niño le tiraba del pantalón y le decía cosas que él no entendía, pero se tiró en el piso a jugar con unos carritos de metal que el niño tenía, y a pesar de lo serio de la conversación, Chloe miraba a Christopher y se sonreía con él. Chloe era muy linda y se parecía mucho a su madre.

Después le pusieron una película de vaqueros norteamericana traducida al francés. Era una película que el ya había visto protagonizada por Clint Eastwood "The Unforgiven" (Los Imperdonables en español). Como era una buena película que obtuvo varios premios "Oscar" y estaba considerada como uno de los clásicos de su género, se puso a verla y la disfrutó de nuevo recordando su juventud. La familia también disfrutó durante más de dos horas la película, a pesar que tenían que leer los letreros en francés.

Tomaron vino, comieron quesos y exquisitas confituras francesas de todo tipo. Chloe le pidió a su madre que le explicara a Christopher que ella y su marido estaban encantados con él, que ellos tenían cierta opinión sobre los americanos, que los consideraban fríos y que habían cambiado completamente de opinión después de conocerlo a él. Entonces el le pidió a Francesca que les hiciera saber que gracias a los soldados americanos que murieron en Normandia en la actualidad sus hijos no tenían que hablar alemán y habían podido mantener su bandera. Ella se los tradujo y ellos se quedaron serios y no respondieron ni media palabra. Christopher les dijo rápidamente -¿pero qué pasó?, esto no es para ponerse serio es una opinión mía y me siento bien al saber que he sido de su agrado.

Francesca volvió a traducirles lo que había dicho y ellos se rieron y le dieron un abrazo.

Eran ya las seis de la tarde y los llevaron a la estación de trenes. Como siempre sucede en las despedidas entre madre e hija, hubo algo de llanto. Chloe le dio un beso a Christopher y en un inglés enredado y de escuela le dijo:
—Cuida mucho a mi madre y hazla feliz que se lo merece.

El esposo de ella, un poco en broma se despidió con un—adiós suegro—y además le dio un fuerte apretón de mano. Christopher se quedó sin palabras ante un recibimiento y una despedida tan amistosa y cálida y lo único que atinó a decir fue:

—Muchas gracias, cuando deseen ir a los Estados Unidos pueden ir a mi casa que van a ser bien recibidos, esto no son solo palabras, es una invitación para la boda de Francesca". Ella rápidamente, replicó:
—Ya te dijeron suegro y ya estás preparando la boda y te recuerdo que yo todavía no acepté.
Christopher se tiró al piso, se arrodilló y mirando hacia Chloe le dijo:
—Ah si! Tú veras!
—Chloe, te estoy pidiendo oficialmente la mano de tu madre.
—Ya te la di antes de que me la pidieras.

Él estaba maravillado con Chloe pues era un encanto, muy sencilla, muy bonita y se veía muy honesta. Pensaba que había valido la pena tomar un tren rápido y pagar el alto costo de los boletos. Francesca le comentó:
—Te has quedado callado Christopher.
—Yo también soy sentimental.

La abrazo, le dió un beso en la boca en el andén al entrar al tren.
—¿Qué haces Christopher? – le dijo Francesca

—Estoy besando a la futura Sra. Smith en el anden del tren de los sueños.

Casi inmediatamente que entraron al tren, ya era la hora de cenar, Christopher estaba ansioso por comer una comida caliente y le ofrecieron sopa de langosta, exquisita, crêpes (pancakes en inglés, pero muy finos y sin dulce), rellenos con espárragos y queso derretido por encima, un pan francés con mantequilla y una copa de vino blanco. Después le ofrecieron un "coffee" americano que le supo a gloria y unos dulces parecidos a las Torticas de Morón de Cuba. Se transporto mentalmente a Matanzas, la ciudad donde se crió y recordó cuanto trabajo le había costado adaptarse a las costumbres americanas, a pesar de ser su país de origen,, hasta a sus padres les costo trabajo volver a comer comida americana. Cuando se reunían en la mesa, a cada rato hablaban de las comidas cubanas y se les salían las lágrimas.

En una ocasión, al día siguiente de una de esas conversaciones, cuando regresaban del negocio, mi madre nos sorprendió con unos frijoles negros, arroz blanco, yuca con mojo, masas de puerco fritas, y ensalada de lechuga con tomate. Christopher creía que estaba en Nochebuena y su hermanita Christy, le pedía a la mamá:
—Esto es lo que tienes que cocinar todos los días, no más brócoli, ni más pavo, se acabó, nosotros nos criamos en Cuba. El padre se reía y decía:
—Tenemos un par de cubanitos y no lo sabemos, no se preocupen cuando Cuba sea libre volveremos para allá.

¡Que días aquellos!, eran difíciles, pero tenía a mis padres a mi lado, ahora no los tengo, solamente tengo a mis hijos y a esta francesita que Dios a puesto en mi camino en el momento preciso.

Terminaron de cenar y fueron a tirarse un rato, pero él se daba cuenta que Francesca, por mucho que trataba de fingir, estaba preocupada y triste. Miraba por la ventanilla del tren el paisaje, pero sus ojos estaban enrojecidos, no tenían expresión y lucía estar muy lejos de allí. Parecía llorar en silencio. Él le preguntó:

—¿Qué te pasa Francesca, quieres ver el paisaje o quieres que hablemos?, Escúchame esto que te voy a decir, por la experiencia de mis años he aprendido que la vida está hecha por etapas. Si estás viviendo una etapa difícil, recuerda que es solo eso "una etapa", es temporal y todo pasara, pero no la dejes pasar, aprende a crecer y hacerte mas fuerte, todo siempre trae consigo una gran enseñanza.

—¡Qué elocuente eres y que lindas palabras!

—No me des a mí el crédito, eso lo leí en un libro de texto hace un tiempo. Te aconsejo que te recuestes y pongas tu cerebro a descansar, pues mañana será otro día, otro amanecer, y verás las cosas mas claras.

Empezaron a acariciarse y hablándole al oído le susurraba:

—Yo te amo, Christopher. No se por qué me siento contigo como si te conociera de toda la vida, eres un gran hombre, un caballero, de corazón muy humilde, a pesar de ser un hombre acaudalado y de empresa. Te has fijado en mí, una simple costurera. Esto es como el cuento de la Cenicienta en la vida real, tengo miedo de perder el zapato a la media noche.

—No mi amor, no vas a perder solamente el zapato, lo vas a perder todo, el zapato, el vestido, el panty… todo, y te voy a atacar por todos los frentes, así que prepárate.

—Ven acá mi amorcito, nada más piensas en atacar o ¿es que la sopa de langosta te sirvió de afrodisíaco o es que se te olvidó que yo también me tomé la sopa? A lo mejor con mis caricias más suaves y más lentas te gano la batalla.

El muy meloso le dijo:

—Esto se esta poniendo bueno, "comienza a atacar que esto

es una batalla, el que se rinda primero que muestre la bandera blanca de la paz.

—Ya lo noté ya conozco tu forma de ataque, hum y así pasaron la noche disfrutándose mutuamente, después se rindieron de cansancio hasta que llegaron a París. Al bajarse del tren, ella le dijo que la llevara para su apartamento, y él le contestó que no.

—Usted es mi prometida oficial y va para mi aposento.

—No, no, no, yo sé de lo que tú eres capaz, y estoy muy cansada para que me bañen en champaña.

—No Francesca, vamos a darnos una ducha y tirarnos a conversar, se que tienes preocupación por tu hija, no me lo has dicho pero todo el tiempo oía su nombre, Camille. Cuando llegamos y te la mencionaron tu rostro se desfiguró por completo, yo no soy indiscreto pero quiero saber si puedo ayudarte en aliviarte de esa preocupación o de esa pena.

Ella ya no pudo aguantar más, se echó a llorar y le contó lo que pasaba por el camino hasta el hotel. Le explicó que el marido de su hija después de 12 años de matrimonio le había planteado irse de la casa, abandonándola a ella y su niña de diez años. Mi hija se puso a investigar y aparentemente lo que sucede es que está saliendo con una mujer mucho más joven.

—Por favor Francesca, tenemos que concertar una cita con los dos lo antes posible, pregúntale si mañana a la hora de almuerzo o temprano en la tarde nos podemos reunir, así aprovecho la oportunidad de conocer a tu hija y a tu nieta. Aunque tu no lo crees yo soy un hombre con un don de palabra especial y a lo mejor puedo ayudar en estos momentos. Todo es posible si tú lo puedes creer, mañana el sol sale para todos, vamos a descansar.

Cuando llegaron al hotel él le pidió unas tabletas para el dolor de cabeza, y pidió para comer un sandwhich pequeño con una soda. Se quedaron dormidos enseguida, parece que el viaje en tren los había estropeado demasiado.

A la mañana siguiente fueron a desayunar en el restaurante del hotel. Visitaron la tienda que se encontraba en la instalación, pues Christopher quería tener una atención con Camille y con la niña. Vio unos puros cubanos y se los compró al yerno de Francesca, no se había imaginado que encontraría esos tabacos cubanos en Francia. Pensaba que con todas esas atenciones podría introducirse en esa parte de la familia, ya que sabía que Camille era la más difícil y celosa de las hijas de Francesca y también porque quería tocar ciertos temas no muy gratos, y de esta forma se suavizaría la atmósfera.

Después paseó a Francesca por todo el hotel, recorrieron los jardines, la piscina, los salones para conferencias y recepciones. Ella le recordó que tenía que pasar por su casa para cambiarse de ropa y que habían acordado encontrarse con Camille y su familia a las 12:00 para almorzar en su casa. Era sábado, el negocio de Francesca no estaba abierto y la familia estaba trabajando.

CAPITULO X
Encuentro con Camille

Él le advirtió a Francesca por el camino que no dejase que las emociones se le reflejaran en el rostro, le pidió que lo dejara manejar este asunto para conversar con su yerno de hombre joven a hombre maduro y con la experiencia de los años vividos. Además, tal vez la niña estaba ajena a lo que estaba sucediendo.

—Tú sonríe y conversa con tu hija y tu nieta Angeline, que yo tengo lo que hace falta para llevarlo al punto que yo quiero, sin ofenderlo. Tú me dijiste que tu yerno habla bastante bien el inglés porque vivió durante un tiempo en Inglaterra y de todas formas los americanos tenemos fama de intervenir en casos de crisis.

A Francesca no le quedó otra alternativa que sonreir ante sus palabras. El iba vestido como todo un americano, como un sencillo tejano, con botas con un Águila grabada, pantalón de mezclilla y camisa de cuadros rojos y blancos. Solamente le faltaba el sombrero, el caballo y un pañuelito al cuello. Ella iba muy discreta, pero como siempre, elegante.

Al principio del encuentro se sentía cierta tensión en el grupo. Después la niña lo miraba y le preguntó a la abuela:
—¿Quién es él y por qué se viste así?

Entonces todos se rieron por las palabras de la niña y la abuela le dijo:

—Es un gran amigo mío.

Entonces Christopher intervino en la conversación y le dijo una palabra que significa lo mismo en ingles que en francés: "fiancée".La niña que era muy expresiva, se viró para la abuela y le preguntó:

—Entonces abuela, ¿éste señor va a ser abuelo mío?

—Eso es lo que él quiere.

Christopher no sabía nada de lo que estaba pasando, pero la tensión cedió y todos se rieron. La niña lo seguía mirando de arriba a abajo como si estuviera disfrazado, entonces sacó una cajita chiquita del bolsillo de la camisa y le dijo a la niña:

—Cierra los ojos y dame le mano -. La abuela se lo tradujo. La niña le dijo a la abuela que su papá le estaba enseñando inglés y le preguntó a Christopher:

—Oye, vaquero, ¿por qué yo tengo que cerrar los ojos y darte mi mano?

—¡It is a surprise!

A lo que ella contesto ¡allright! y cerró los ojos. Él le puso en la mano un relojito muy fino de niña que compró en el hotel. Cuando se lo dió la niña empezó a saltar.

—Miren, lo que yo quería un relojito con Minnie Mouse.

Él se agachó para ver el relojito en su brazo y la niña le dio un beso en la cara y le dijo, ¡thank you, thank you, fiancee! Camille fue cambiando la forma de mirarlo y el marido le brindó algo de beber. Christopher lo miró y le dijo en inglés,—no hay nada tan maravilloso como hacer a un niño feliz -. Al mismo tiempo iba mirando la casa y le preguntaba:

—¿Tuviste que hacer muchos sacrificios para construir un hogar tan bello y una familia?

El esposo de Camille le dijo:

—Sí, nos costó bastante trabajo. En lugar de ir a comer fuera comíamos en casa, en vez de ir al cine, alquilábamos películas y las vacaciones las empleábamos en decorar, pintar y arreglar la casa. Gracias a mi suegra que nos ayudaba cada vez que podía, llegamos a tener esto.

Christopher le contestó:

—Ojalá Dios te lo deje disfrutar, si ha sido con tanto esfuerzo.

Francesca disimuladamente le sugirió a la niña que le mostrara el relojito a las amiguitas de la casa de al lado y se fue con Camille a entregarle su regalo y sacó la caja de tabacos de una bolsa para que él se los diera a su yerno. Éste se puso muy contento con sus habanos y le dijo que hacía mucho tiempo que no fumaba uno como ese, desde que la niña nació, que los había repartido entre la familia para celebrar. Que ahora eran muy costosos en Francia, para ricos solamente. Se dirigieron a la terraza, para fumarse el puro y tomar un coffee mientras acordaban donde irían a almorzar.

Christopher le pregunto cual era su nombre y el dijo que se llamaba Alain. Él a su vez le preguntó su nombre, de donde procedía y por qué hablaba español. Esta última pregunta prometió contestársela otro día. Alain sospechaba que no estaban visitándolos por gusto. Christopher le preguntó si su profesión era químico industrial y trabajaba en el negocio de las pinturas.

—Debe ser interesante ese trabajo porque siempre estas experimentando con productos nuevos -. Alain contestó con otra pregunta: —¿Y usted que hace en los Estados Unidos?

—Soy un hombre de empresas, distribuyo gomas a nivel internacional y tengo inversiones en Bienes Raíces -. Entonces, ¿es sólido económicamente? – insistió Alain.

—Más o menos, pero bueno, vamos al grano, mis respetos hacia tu opinión termina cuando intento involucrarme en la tuya, permíteme el privilegio de introducirme en tu vida personal. Francesca me habló de lo que esta ocurriendo en esta familia. Quisiera hablar y no me interrumpas. Este hogar lo has construido con el esfuerzo de ustedes dos y el sacrificio para lograrlo. Tuvieron que sacrificar una parte de su juventud y su economía para llegar hasta aquí. Tuvieron una hija producto de su amor y de su unión, una hija muy linda y muy simpática que se parece mucho a ti.

Christopher continuo:

—Cuando tu conociste a tu esposa hace doce años era joven y bonita,¿ verdad? ahora la deshechas como una ropa vieja. Si esto se invirtiera, ¿te hubiese gustado? Seguro que no. ¿Te gustaría perder el cariño de esa niña y ponerla bajo la tutela de otro hombre que no sabes de lo fuera capaz de hacer con ella? Todo solamente por una vagina más joven. ¿No te das cuenta de lo que estas haciendo? Los americanos tenemos fama de ser un poco crudos y directos y me vas a tener que perdonar mi franqueza, pero a la larga todos hacemos lo mismo en una cama, unos más, unos menos. Vas a destruir tu vida y todo el éxito que has alcanzado, lo vas a perder por un antojo. Cuando mires hacia atrás y veas en lo que se ha convertido tu casa te vas a arrepentir y tu esposa jamás volverá a confiar en ti. Yo me he atrevido a hablarte así por yo creo que Dios no pone a las personas en nuestra vida por gusto. Envía ángeles emisarios y ese es el papel que yo he venido a hacer hoy aquí.

Alain le respondió a todos sus comentarios y le pidió que le dejara expresarse antes de juzgarlo.

—Usted tal vez no ha tenido que amanecer en su casa y despertarse con los gritos de una esposa, lo mismo conmigo que con la niña, a veces hasta le tira del pelo para que se apure para el colegio, pues se hace tarde, y a mi mujer no le gusta levantarse temprano. Sale toda desgreñada a la calle, no cuida su dieta y no tiene un gesto cariñoso ni de amor para mi, porque dice que está muy cansada de trabajar y desde hace mucho tiempo el sexo brilla por su ausencia entre nosotros. ¿Usted considera que esto es un hogar o un infierno? Dígame ahora que me escuchó, qué es lo que me puede decir al respecto.

Alain, déjame decirte que si, tú debes de tomar las riendas de tu casa, hacer tu función de cabeza de familia. Le debes contar lo desencantado que estás con su actitud y orar en común. Pídanle a Dios que los guíe para salir de ese torbellino de pasiones y rencores. Todo se puede solucionar. ¿Me aceptarías que los invitara a unas vacaciones a los Estados Unidos para que paseen por varios lugares ustedes solos? La niña puede quedarse en mi casa con su abuela y conmigo, y al regreso de ese viaje la llevan a los parques de Walt Disney y conocer a Mickey Mouse en persona. Yo corro con todos los gastos y no te sientas mal, lo hago por la niña. ¿Tú me autorizas a tener una conversación con tu esposa? Voy a ser bien claro con ella.

Ante una propuesta de ese tipo Alain le contestó:
—Por supuesto, usted es un buen hombre, pero le deseo suerte porque no es fácil hablar con ella. Christopher se acerco a Francesca y a Camille, dirigiéndose a Francesca le dijo:
—Necesito que me ayudes interpretando mi conversación, explícale a Camille, que si ella me lo permite, quiero conversar brevemente con ella. Ya estuve conversando con su marido, quien fue muy receptivo y se abrió muchísimo conmigo. Por favor explícale todo esto a tu hija, porque quiero invitarla, al igual que lo hice con él, a pasar unas vacaciones a Estados Unidos y que además quiero tratar otros temas de interés para ella. Dile que yo también tengo una hija y soy su consejero, que no me mire como un extraño, pues mis intenciones son las mejores.

Ella se dirigió a Camille y estuvieron intercambiando palabras por unos minutos. Después Francesca le dijo a Christopher que Camille estaba dispuesta a escucharlo. Christopher la miró directamente a los ojos para saber si estaba siendo honesta y le observaba la traquea con disimulo para ver si era sincera o no.

Dime Camille,¿cuales son tus mayores intereses en la vida?, dime tú que es lo que más te preocupa. Me preocupa mucho mi marido, esta separación, que ya veo que conoces, mi hija y la repercusión que esta separación tendrá en su persona, también mi madre, que ya esta mayor y no quiero darle disgustos, por eso no le había dicho lo que estoy pasando.

—Mi niña, dime si tú te sientes responsable de este problema, o culpable, si tienes algo que reprocharte, en fin, dime porqué han llegado hasta aquí.

Camille entonces le respondió:

—No, no me siento culpable, es él quien tiene una mujer y a mi me ha tenido completamente abandonada, él es un degenerado y un egoísta que solo piensa en si mismo.

—Camille, ¿qué es lo primero que haces al amanecer cuando te levantas, sin contar el aseo personal? ¿a qué hora te levantas y a qué hora entras a trabajar? ¿Qué tiempo te demoras de la casa al trabajo?

—Me levanto a las 7:30 y tengo que estar en el trabajo a las 9:00, empleo cuarenta minutos en trasladarme.

—Es decir, que tienes 30 minutos para prepararte, desayunar, atender a tu esposo y a la niña. No me parece tiempo suficiente para ocuparte, primero de ti, arreglarte, asearte, ponerte bonita, arreglar a la niña, atender a tu esposo, desayunar en familia, conversar con la niña, con tu esposo, preguntarle por sus problemas de trabajo o por cualquier otra cosa. Tú te estarás preguntando, que es lo que hago yo interrogándote o como se dice en Cuba, ¿quién me habrá dado vela en este entierro? Pero es muy sencillo, ¡yo amo a tu madre! y me preocupa todo lo que tenga que ver con ella.

—El día que ella y yo decidamos unirnos, los problemas de sus hijas van a ser los míos. Eres una muchacha muy linda y muy joven todavía, pero no se si será que tienes algo de depresión, o falta de autoestima, pero es evidente que has abandonado tu persona y has olvidado lo más importante. Si es necesario para recuperar tu familia, debes buscar ayuda profesional, tal vez hay algo que a ti te preocupa y no sabes expresarlo.

Continuó hablando Christopher:

—El amor no es recibir, es dar, cuando uno da, recibe y el que ama quiere que su pareja encuentre felicidad a su lado, no necesita una escuela para que le enseñen a hacerle sentir y acariciarle. Una mujer tiene que ser esposa, amante, amiga y al final cuando esté sola con su marido tiene que ser mas sensual y ser sumamente sugestiva para que, aunque el mire hacia otro lado no mire a otra mujer, cuando regrese a su casa, compare y piense: lo mío no es una modelo de revistas y ya ha envejecido algo a mi lado, pero tiene más valor que aquella otra que estoy mirando y sobre todo es la madre de mi hija y la mujer que me ama.

—Lo primero que una pareja debe hacer cuando se levanta es orar por su familia y después la mujer, debe ir a la cama a darle un beso a su marido. Si tienen que sacrificar una hora de sueño los dos, tienen que hacerlo, porque en ese beso de la mañana tiene que ser suficientemente seductora y sensual. Entonces, dedicar 15 minutos para ponerse bien bonita, arreglarse el pelo y vestirse. Christopher continuaba hablando sin parar.

—Tú eres bella, pero hasta el pelo lo has descuidado. No te estoy echando una reprimenda, te estoy aconsejando por la experiencia de los años y algunos conocimientos de Psicología. Tú estás deprimida y te sientes que has perdido la batalla. Cuando estuve conversando con tu marido se quejó de tus peleas y gritos desde que amanece. ¿Sabes por qué lo haces? porque no has dedicado el tiempo suficiente para ocuparte de lo tuyo.

—La niña te entorpese porque no hay tiempo y ella debe sufrir calladita tus peleas mañaneras. No hay tiempo para ella, no hay tiempo para besar y acariciar a tu marido en la mañana y en la noche, no hay tiempo para darte un baño de burbujas aromáticas y ponerte una ropa de dormir atractiva para estar con tu marido, ni para arreglarte adecuadamente por las mañanas para ir a trabajar y mucho menos para compartir en familia tomando el café o el jugo, tu cambias todo esto por dormir un poco más. Un día dormirás el sueño eterno y harás un recuento de lo que fue tu vida.

Alain debe ayudarte con el trabajo de la casa en las mañanas, como por ejemplo preparar el desayuno para todos mientras tu ayudas a la niña y los dos deben sacrificar tiempo para compartir en familia.

Christopher le hablaba como si fuera a su hija
—No te puedes dar por vencida, tienes una familia y una hija que si este matrimonio se rompe va a tener que compartir la vida de su madre junto a un extraño que tal vez cuando la niña crezca y se convierta en una mujer, la llegue a mirar con ojos de codicia al ver sus curvas jóvenes sea capaz hasta de tocarla.

Christopher continuaba hablando con Camille:

—Yo sé que le compras ropas bonitas a Angeline pero la ayudas a ponérselas con gritos y tirones de pelo, porque estas apurada. De esta forma, esas ropitas tan bellas pierden todo su valor. Sería preferible que no compraras nada porque así no te la vas a ganar. Abrázala todos los días, bésala, acaríciale ese pelo tan lindo que tiene y aunque tengas que sacrificar otra horita más, tírate en el piso con ella a jugar, que ahorita es una mujer y ya no puedes hacerlo.

—Creo que te voy a pedir que se sacrifiquen dos horas en vez de una, porque en la hora restante tienes que dedicarte a arreglar el dormitorio, perfumarte tú y después que la niña se duerma ponerte bien sexy, como lo hacías cuando ustedes se conocieron. Tienes que romper esas cadenas de amargura, de rencor, hay algo en tu pasado que te molesta porque lo leo en tus ojos. Si me lo quieres contar incluso a solas, que no va a ser posible, porque tenemos intérprete, estoy dispuesto a escucharte.

Camille comenzó a llorar desconsoladamente y le dijo:

—Christopher mi marido no ha querido tener más hijos conmigo, años atrás perdí un embarazo y no sé si él se ha traumatizado o es que no quiere una familia grande conmigo, pero ya me cansé de pedírselo y se ha negado.
—Yo estuve conversando con tu marido y él se queja de la poca paciencia que tu tienes con tu hija y eso que es una sola, tal vez el piense que dos seria demasiado para ti. Por favor busca ayuda psicológica o religiosa y veras como sales adelante y ganas la batalla, ahora voy a llamar a tu marido, no para un careo sino para un pacto de amor entre ustedes dos y ver si el todavía esta dispuesto a mantener su hogar.

Alain vino a formar parte del grupo y se dispuso a oír todo lo que ellos habían hablado. Después, cuando vio las lagrimas de Camille, le dijo,

—Yo estoy dispuesto, ¿ y tu?
—Claro que estoy dispuesta, entonces se abrazaron y se besaron.

Ella sacó unas copas que de no usarse estaban llenas de polvo, Francesca las tuvo que fregar y sacaron una botella de champaña para brindar. Estaban tan alegres que la madre le dijo a Alain que le preguntara a Christopher como usar el champagne que sobrara, y ambos, Christopher y Francesca, comenzaron a reírse.

En eso llegó la niña y se puso entre la madre y el padre, los miraba con asombro porque estaban abrazados, y les dijo: —¡Qué feliz estoy, con mi reloj y mis padres juntos!—Alain le dijo a Camille, que le tomarían la palabra al abuelo gringo y se irían de viaje a los Estados Unidos en unos 30 días, fecha en la que todos estarían de vacaciones. Camille, no perdió tiempo, y con la idea fija de un posible embarazo, le preguntó al marido

—¿Te vas a decidir a tener otro hijo, cuando ya estemos estables?

—Vamos a hacer un trato, si deseamos tener otro hijo, tenemos que corregir nuestros errores para tener una relación mas plena de amor y satisfacción.

Christopher les dijo que quería decir algo más:

—Que siempre recordaran, que el mejor regalo es que alguien te abrace y te diga, "pase lo que pase siempre estaré contigo" y por supuesto que después lo cumpla. ¿Estamos de acuerdo, Alain?

Se retiraron y dejaron a los tres juntos y más tranquilos. Francesca sonreía y lo besaba. Él le preguntó:

—¿Quieres que te bañe de nuevo con champagne?

—No, lléname de besos, no se trata del champagne, no solamente me has sacado de mi encierro y de mi soledad, has traído amor a mi vida y además, has logrado la felicidad de mi hija y te has preocupado por mi nieta. La que tendría que bañarte con champagne soy yo.

—Ha sido un día intenso luchando contra el mal, porque en esa casa no se sentía la presencia de Dios cuando llegamos. A veces Dios no nos devuelve lo que hemos perdido, te da lo apropiado para el momento que vivimos. A lo mejor tu esposo no era mejor que yo, pero yo te he devuelto a la vida. En cuanto a tu hija y su familia, tenemos que orar mucho por ellos… y nosotros comer, porque tengo un hambre que me estoy cayendo. ¡Con quesitos y confituras no se mantiene un hombre de seis pies!

—¡Qué pena!, respondió ella, nunca llegamos a ir a almorzar, otro día tenemos que invitarlos.

—¿Qué quieres comer Francesca? Porque yo quiero comer caviar, fresas con chocolate y una francesa de postre.

Entonces fueron para un restaurante. Al salir de allí, él le propuso ir para el hotel, pero ella le dijo que no, que ella no tendría sabanas de seda, ni almohadas de plumas, pero tenía un hogar acogedor para los dos. Entonces Christopher le preguntó:

—¿Me estás diciendo que será para toda la vida? ¿Aceptas ser mi esposa?

—Todavía no, tengo ciertas cosas que concluir antes de dar ese paso.

Él se quedó un poco pensativo, pero a pesar de eso fue para casa de Francesca. Se amaron como dos adolescentes buscando cuales eran las caricias que más los enardecían y los apasionaban. Fue una noche extenuante de amor intenso. Se quedaron con el cansancio que deja una larga sesión de amor y pasión, después se quedaron dormidos.

Al amanecer Francesca preparó un desayuno exquisito para los dos. ¡También eres buena en la cocina! le dijo en broma mientras la atraía hacia él y la llenaba de besos por la nuca y por los hombros frente al fogón. Ella se quejaba, pero estaba rozagante de gusto por tener tanta felicidad dentro de la cocina. Después se despidieron con muchos besos apasionados y el le dijo que iría al hotel a cambiarse y regresaría en menos de dos horas. Le pidió que se pusiera bien linda pues ya solo le quedaban dos días en este viaje, para disfrutar su paisaje favorito, que por supuesto era ella y finalmente, se marchó al hotel.

Capitulo XI
Último paseo en París

Christopher llego al hotel y se cambió, se puso una ropa muy cómoda para ir a pasear con Francesca por el río Siena. También ella se estaba cambiando. Esta vez iba a usar un pantalón de mezclilla que le quedaba bien justo y una camisa, unas botas altas entalladas y un pañuelito al cuello. Parecía toda una vaquera americana, ese atuendo le quedaba muy lindo y se sintió muy orgulloso de que fuera vestida igual que él. Tomaron un taxi hasta el río. Cuando Christopher lo vio, se quedo sumamente impresionado por lo ancho que era, así como por sus puentes y las edificaciones que se encontraban a ambos lados del río, todas bellísimas, y muy antiguas, con más de un siglo de antigüedad. El agua estaba clara y los edificios de gran arquitectura se reflejaban en el agua

Entre los edificios pasaron frente a la catedral de Notre Dame, de gran belleza arquitectónica. Viajaron todo el tiempo en una embarcación para turistas llamada "Pont Alexandre III". Christopher no perdía la oportunidad para pasarle la mano por todas partes, para colmarla de caricias a cada momento y ella no dejaba de pedirle que se controlara que estaban en público.
—Yo pienso que este país es el más liberado sexualmente del mundo, quiero ver si lo puedo llevar a la práctica.

Ella le contestó que no se atreviera, pues ella no era de la época del libertinaje y lo último que le faltaba era desnudarse en público y hacerle el amor en el bote.

—Eso es lo que yo quisiera, dijo Christopher.

—Pero yo no—respondió Francesca.—Hay cuarenta personas en este bote.

—Si, pero hay un viejo que nos mira y esta muy entretenido con el movimiento de mis manos. Dijo Christopher.

—Yo soy una mujer de 60 años, no una chiquilla.

Él entonces le explico:

—Mi amor, ahora cuando yo me vaya, después que te destapé la Caja de Pandora pasional, ¿qué vas a hacer? Prefiero antes de irme comprarte un juguete electrónico sexual para que no tengas deseos que no sean conmigo, hasta yo que vuelva.

—Tú, ¿tú estás bien de la cabeza o tú tomaste licor antes de salir del hotel? Primero tocándome toda delante de cuarenta personas y ahora queriéndome comprar un juguete sexual que nunca he usado y menos ahora.

—¡Ay Francesca! tú estás viviendo en el siglo pasado, te quiero decir que estadísticamente se vendieron dos billones de dólares de esos juguetes sexuales en los Estados Unidos. El precio promedio de un juguete sexual oscila entre $20.00 y $30.00, si lo divides por los dos billones, te darás cuenta que casi todas las mujeres en mi país, los usan, y en todos los estados hay una gran variedad de nacionalidades, incluyendo las Francesas. Te voy a hacer un chistecito sobre los juguetes sexuales. ¿Quieres escucharlo?:

—Había una muchacha que tenía un juguete de esos en una gaveta, su padre fue a arreglar la gaveta y se lo encontró. Entonces le dijo:

—¡Hija!, ¿qué es esto?

—Tranquilo papi, éste es mi esposo.

—¿Cómo dices?, ¿tu esposo?

—Sí papi, a este esposo no le plancho, no le lavo, no le cocino, hace lo que yo quiera y en el momento que yo quiera, sin celos, sin reclamaciones. No corro peligro que me transmita una enfermedad venérea.

—Hija, si se mira de ese punto de vista... ya tu eres mayor de edad y decides tu destino.

Pasaron algunas días, la hija llegó a la casa y encontró que su padre tenia en la mesa de centro de la sala una cerveza y el aparato al lado.

—¡Papi! ¿Qué tú haces con ese aparato ahí? -a lo que él respondió:

—Compartiendo una cervecita con mi yerno!

A Francesca este cuento le causó un ataque de risa y todo el mundo la miraba. El viejo de enfrente se asombró con la risa de ella. Entonces pensó.

—Ya tengo de regreso a mi loquito americano.

En ese momento ella sugirió que fueran a comer algo rápido.

—Ya conoces el río -,le dijo y yo quiero ir a un teatro. Christopher le respondió:

—¿Llevo mi almohada?

—¿Almohada?, si esas obras son magníficas, no seas inculto, te voy a llevar a ver "Los Miserables". Él le respondió

—No, este inculto ya se leyó el libro, que es de Víctor Hugo, ¿no habrá una obra de burlesco?

—¡Ya volvimos a lo mismo!

—Bueno, está bien, con tal de hacerte feliz veo la obra, pero me llevo la almohada

—¡Atrévete a llevar una almohada!

—Bueno, tengo hambre, ¿ qué comemos?

—Ahora nada, come tú algo ligero en el hotel, y yo haré lo mismo en mi apartamento, porque si te llenas mucho, después puede ser que te quedes dormido en el teatro.

—Tengo que escoger la ropa que voy a llevar al teatro.

—¿Qué tu quieres que me ponga yo? Un tuxedo o un traje.

—Lo que tu quieras.

Cuando el llegó a recogerla venía en una limousine, en tuxedo, cuando Yanay lo vio se quedó anonadada.

—Francesca, mira quién llegó, ¡si te arrepientes me lo pasas, que el americanito ese, está buenísimo!

—¿Te quieres quedar sin empleo Yanay?

Ella estaba bajando las escaleras con un vestido de chiffon forrado en encaje, color esmeralda, escotado que mostraba la entrada de los senos. Tenía puesto su collar de perlas y esmeraldas, con una coronita muy fina levantando el pelo, una carterita de perlas y unos zapatos de ese color.

Él le dijo:

—Ahora sí que he comprobado que eres una diseñadora o más bien una porcelana. Un Lladró *(una porcelana fina)* a colores con las facciones tan finas y esa piel color nácar.

También Yanay comentó que parecía una reina. En el momento en que se dirigían al limousine y el chófer le abría la puerta del mismo, Christopher comenzó a gritar:

—¡Esta mujer es mi mujer, mía, de más nadie, miren que linda!

Francesca se tiro de cabeza dentro del limousine y decía:

—¡Ay Dios mío está loco, qué pena tengo!

—Francesca, para estar a mi lado no es un requisito estar loca, ¡pero ayuda!

Al llegar al teatro, llamaron mucho la atención. Ella lucía muy bella y él no se quedaba atrás. Estaba también muy elegante y como llegaron en limousine, las personas que estaban esperando para entrar al teatro se preguntaban si serian algunos políticos o alguien del "jet set". Tenían reservado un palco para ellos solos, en un lugar donde se divisaba bien la obra y se oía perfectamente lo que hablaban de los actores. Christopher, como no era muy adicto a las obras de teatro, se entretenía constantemente diciéndole cosas halagadoras y mirándola y ella pidiéndole que no hablara tan alto

—¿Hubieras preferido que trajera la almohadita?

—No, lo que hubiera preferido es que atendieras más a la obra y te dejaras de espectáculos públicos.

—Ok, mi amor, por complacerte voy a atender la obra, pero, no sé si sabes que a los norteamericanos les gusta mas el football y otros deportes. Es un problema de idiosincrasia. Somos así, no estamos muy acostumbrados a las obras de teatro.

La obra terminó, y se fueron para el hotel, al entrar en el lobby todos los huéspedes se le quedaron mirando con admiración.

Se fueron directo al dormitorio, estuvieron conversando un largo tiempo sobre muchos temas, de las familias de ambos y sobre todo de ellos, de cuándo se volverían a ver. Él le explicó que tan pronto llegara, le iba a empezar a tramitar una visa de tránsito para llevarla de vacaciones a los Estados Unidos.

Christopher había pedido que vistieran la cama con sabanas de seda roja, incienso y velas perfumadas alrededor de la cama, puesto que era la ultima noche que pasarían juntos hasta la próxima vez que se reunieran. Antes de ir a la cama le pidió que bailasen desnudos, ya que el quería cantarle una canción que interpretada por Whitney Houston, entre otros, bellísima, cuya versión en español se llama "Siempre te Amare". Puso la canción y se la cantaba al oído, era como una premonición de lo que se aproximaba. La canción en sus estrofas principales decía así:

> *Si me quedara*
> *debería ser solo en tu camino*
> *así que me ire , pero se que*
> *pensare en ti en cada paso del camino*
> *y siempre te amare*
> *siempre te amare*
> *tu , cariño mio*

memorias tuyas
es todo lo que llevo conmigo
así que adiós, por favor no llores
y siempre te amare
siempre te amare

—De mis sentimientos hacia ti, hoy quiero que te entregues a mi con todos tus sentidos y toda tu pasión.

Siguieron bailando con la canción de fondo y ella también comenzó a hablarle al oído:

—¿Que me entregue a ti con todos mis sentidos y toda mi pasión? Puedo saber ¿qué he hecho hasta este momento? ¿No has sentido que me he entregado a ti sin reservas, sin prejuicios ni inhibiciones, como jamás lo hice con otro hombre? Has sacado de mis adentros una mujer desconocida para mí. Solamente de tocarte, mi cuerpo tiembla hasta los rincones más recónditos.

Ella continuo:

—A los 60 años he experimentado una verdadera pasión. Jamás pensé vivir una pasión de esta magnitud y me pides que me entregue a ti con todos mis sentidos. Ya no me queda nada por entregarte. Te lo he dado todo, todo mi cuerpo sin que falte un rincón, y continuo diciendo, ahora voy a gritar yo en el pasillo lo mismo que tu hiciste en la puerta de mi negocio,—ven ese hombre que esta ahí, es mi marido, ¿vieron qué bueno está? Ahora la loca soy yo.

—Francesca, te estoy cogiendo miedo, te he contagiado mi locura

—Esta es la locura más maravillosa que he vivido en mi vida, si esto es ser loco déjame loca y no perdamos más tiempo y vamos a meternos dentro de las sabanas rojas para que la pasión del color nos envuelva.

Después de una jornada intensa se quedaron dormidos de cansancio y llegó la mañana. Solamente les quedaban diez horas para estar juntos. Fueron a desayunar al restaurante del hotel y después le llamo un taxi, diciéndole que la recogería entre las

2 y las 3 de la tarde para ir juntos a almorzar y después al aeropuerto. Le esperaban muchas horas de vuelo y no le gustaba comer en el avión por los nervios. Cuando Francesca llegó a la a tienda Yanay le dijo:

—¡Señora!, dichosos los ojos que la ven, ¿qué tal paso la noche?, la veo más rejuvenecida.

—Es que estoy muy feliz y muy realizada como mujer y eso me hace sentir más joven, estoy viviendo un cuento inimaginable, nunca había sentido la pasión de estos últimos días ni me había enamorado de un hombre de esta forma, pellízcame porque creo que estoy soñando.

—Ay señora, solamente de oírla se me erizan hasta los dientes, por cierto le está sangrando una oreja.

—Es cierto, a este hombre no le bastan las caricias si no que también me muerde bailando.

—¡Qué rico!, contesta Yanay.

—Bueno, voy a vestirme, que más tarde viene a recogerme para ir a almorzar y después ir al aeropuerto.

Cuando Christopher se acercaba en el taxi, al taller de costura, se produjo un aparatoso accidente cerca del negocio y decidió coger sus maletas y seguir caminando porque el tiempo apremiaba. Iba por la acera contraria y cuando se acercaba vio a Francesca abrazada a un hombre alto, trigueño bastante joven, que estaba de frente a ella. Además de abrazarse, se besaban, hasta que entraron en el negocio cogidos de la mano. Después vio la figura del hombre recostado a la ventana pero no podía ver qué es lo que ella hacia.

La furia, el dolor y la impotencia ante aquella visión, lo cegaron al punto de que si hubiera tenido un arma, habría cometido un disparate. Cerró los ojos, pensó en su familia, con un dolor en el alma, que sentía que el corazón se le partía. Con lágrimas en los ojos empezó a caminar con las maletas y tomó un taxi de vuelta para el hotel. Al llegar al hotel el botones le dijo:

—Señor, ¿usted no se había marchado ya?

—No, hubo un inconveniente y no voy a regresar al cuarto pero me voy a tomar un café y necesito un favor de usted, necesito papel y sobre y que me entregue ese sobre en la dirección que le voy a dar. Quiero que aceptes esta propina como agradecimiento a este gran favor.

—No tiene por qué hacerlo, ya usted ha sido muy esplendido conmigo. Tomó el papel y el sobre y se sentó en el restaurante con un café delante y le escribió una carta a Francesca.

Francesca:
No es necesario que me acompañes al aeropuerto, se que quedas en tu habitación en buena compañía. Jamás imaginé que fueras una falsa. Te puse en un pedestal y ahora te desprecio porque nunca pensé que escondieras otro hombre en tu vida. Esto me ha causado un dolor muy profundo. Tú eras mi presente y mi futuro. Yo no sabía que era un tonto iluso que tan fácil fue engañado. He sido la burla de todos ustedes. Te he visto abrazada y besándote con un hombre trigueño, más joven que nosotros, en la misma puerta de tu negocio y después han subido para tu aposento de la mano de el. Donde yo mismo me acosté contigo un día antes y te entregaste totalmente. No me busques, no me llames, olvídate que yo existo. He adelantado el vuelo y creo que jamás volveré a pisar esta tierra.
    Sin más,
    Christopher

Cuando Francesca recibió la carta, la leyó y le dijo a Yanay:
—Por favor Yanay, pídeme rápidamente un taxi.
Se veía llorosa y muy nerviosa, temblando con un papel en la mano. De repente, dio un viraje en la escalera, para ir a recoger el bolso, le falló un pie y rodó por las escaleras de espalda. Llegó sin conocimiento al final de la escalera y entonces Yanay gritando, muy nerviosa, le pidió a unas clientas que llamaran a una ambulancia para llevarla al servicio de emergencias del hospital más cercano.

CAPITULO XII
Accidente
Hôpitaux Universitaires París Centre

Enseguida llegó la ambulancia y comenzaron a auxiliarla allí mismo, porque el accidente había sido muy grave. Yanay les pidió que la dejaran ir con ella al hospital más cercano, pero el paramédico le explicó que tenían que llevarla a un hospital especializado en traumas, aunque quedara un poco más lejos. Yanay seguía muy nerviosa, llorando y tratando de comunicarse con las hijas, primero con Camille, que estaba más cerca y después con Chloe, en Niza. Les explicó una y otra vez, que había sido una caída espantosa porque fue rodando de espalda y llego sin conocimiento al final de la escalera. Los paramédicos conversaban entre sí y se comunicaban con el hospital, ya le habían puesto oxígeno y un suero intravenoso, pero movían la cabeza como gesto de disgusto ante la situación. Yanay le decía a las hijas, que estaba horrorizada, que fueran para el hospital y que por favor también llamaran a su hermano para que viniera, ya que ella no tenía el numero de teléfono de él.

Al fin llegaron al hospital, dos camilleros ya la esperaban en el jardín de entrada e inmediatamente la llevaron para el salón de traumas. Una vez dentro del hospital, le pidieron a Yanay que esperara en el lobby, que ayudara ofreciendo los datos personales de Francesca y le preguntaron si ella estaba presente cuando ocurrió el accidente. Ella lloraba y decía que sí con la cabeza. Le ofrecieron un vaso de agua y, si quería, algún calmante para

85

que se tranquilizara. Cada vez que salía una enfermera o un médico, ella se paraba e iba hacia ellos y les preguntaba en que situación se encontraba Francesca. No le daban muchas explicaciones hasta que salio el jefe del departamento de traumas, quien le pregunto:

—¿Es usted familia de la accidentada?

—No de sangre pero es como mi madre. Es todo lo que yo tengo aquí. Las hijas deben estar al llegar, pero por favor dígame cómo está.

—Estamos atendiéndola, el mejor médico de traumas está con ella y se está monitoreando a cada momento. Le hemos colocado hielo en la cabeza para ayudar con la inflamación. Tiene los monitores de la presión, respiración y corazón fijos y también oxígeno. Estamos haciendo todo lo posible para que no empeore. Ahora hemos localizado al mejor neurocirujano y ha ordenado que se le hagan varias pruebas del cerebro y un M.R.I. de todo el cuerpo. Tenemos que esperar los resultados, después el neurocirujano vendrá a explicarle a los familiares.

Los minutos parecían eternos, en eso llegó Camille con su esposo que venían de sus respectivos trabajos. Yanay les preguntó por a la niña y le dijeron que la dejaron con una vecina. Camille empezó a interrogar a Yanay sobre la forma en que se había producido el accidente,—¿cómo es posible que haya pasado esto después de tantos años viviendo en el mismo apartamento?, se preguntaba. Y Christopher, ¿dónde está?, decía Camilla. Yanay les contestaba que eso quisiera saber ella, pues Francesca lo estaba esperando para ir con el aeropuerto a despedirse y en lugar de que viniera, llegó un botones del hotel con una carta y ella se puso muy agitada, me pidió que le llamara un taxi y con la carta en la mano rodó por las escaleras. Camille se dirigió a su esposo, y le pidió por favor que llamara al hotel a ver si le había pasado algo a Christopher o si sabían su paradero, porque ya a estas horas debía estar en el avión.

Al rato Alain regresó con un rostro de disgusto y le dijo a Camille que él se había ido temprano del hotel, y que había hecho trámites para adelantar su vuelo. Lo último que le vieron hacer fue tomar un café y escribir una carta en el restaurante del hotel, antes de tomar un taxi. Dios no lo quiera, pero tal vez tuvo malas noticias de su familia, salió corriendo y no se le ocurrió llamar a Francesca.

Camille le pidió a su esposo que se fuera para la casa con la niña, y se ocupara de darle de comer y llevarla a la escuela al otro día. Le dijo:
—Yo me voy a quedar toda lo noche.
 De camino para casa deja a Yanay en el
negocio, que me estuvo contando que no sabe si cerró las puertas y lo dejó abandonado para venir con mamá en la ambulancia.

Yanay no quería irse del hospital, pero Camille le dijo:
—Yanay es una orden, por favor pon un letrero donde diga que el negocio está cerrado por inventario. Descansa esta noche y regresa mañana temprano, trata de encontrar esa dichosa carta y busca los datos de Christopher en el apartamento de mamá para comunicarnos con él.
—Está bien, así lo haré, yo me voy a quedar en el apartamento de Francesca por si Christopher o algún familiar de él, llama por teléfono. No creo que pueda dormir, por favor Camille llámame y déjame saber como se encuentra Francesca. Camille se recostó en un butacón del hospital a vigilar a los médicos, por si preguntaban por la familia. Camille llamaba a Chloe muy a menudo pues como no estaban abundantes de dinero venían en carro y eso tomaba muchas horas.

Alrededor de las 11.00 de la noche Yanay llegó al negocio, lo primero que hizo fue buscar la carta que había quedado sobre el vestido que Francesca había llevado la noche antes al teatro.

Yanay sintió mucha tristeza y empezó a llorar. Ella era muy impresionable y se persignaba delante de la carta y el vestido. Cuando comenzó a leer la carta se quedo muda, no sabia si comentarlo con la familia o guardar la carta hasta que su patrona despertara y decidiera qué hacer. Y se preguntaba—¿qué hombre puede haber estado aquí hoy que yo no lo viera? Además, nunca en tantos años al lado de ella le he conocido ningún otro hombre. Entonces recordó que Alexandre el hermano de Francesca estuvo en el taller para saludarla y conocer al novio de ella, pues ella se lo había mencionado muchas veces, y ya se iba esa tarde para los Estados Unidos. También recordó que los hermanos se abrazaron, se besaron y subieron para el apartamento a conversar hasta que llegara Christopher.

¡Qué horror!, pensó Yanay, ¿cómo es posible que cuando Francesca había logrado encontrar la felicidad, tal vez halla encontrado la muerte? y se volvió a persignar. No pudo dormir en toda la noche. También registró el bolso de Francesca y encontró una tarjeta de un negocio americano donde aparecía el nombre de Christopher al final, lo puso con la carta en su bolso y se tiro en la cama, abrazada al bolso para que no se le quedara.

Llego la mañana y estuvo en el hospital bien temprano, ya Chloe había llegado y estaban las dos muy llorosas. Yanay les llevaba café y unos panecillos para que desayunaran algo. Las hermanas acababan de hablar con el neurocirujano, quien les dijo que Francesca había sufrido una conmoción cerebral. Que todavía estaba inconciente. La radiografía mostraba una pequeña hemorragia en el tejido, lo que indicaba que había un vaso sanguíneo dentro del tejido circunstante y presentaba inflamación y presión intracraneal elevada.

También la sangre se podía acumular en forma de coagulo, denominado hematoma epidural y en ese caso había que llevarla urgentemente a cirugía. Ya estaban preparando el quirófano y haciéndole todas las pruebas necesarias. El médico esperaba que con la cirugía se le podría contener la sangre. Después tendría un periodo de recuperación, pero él les daba esperanza de un 70% de posibilidades de recuperación.

Todavía en el período de recuperación va a sufrir fuertes dolores de cabeza, vómitos, mareos, perdida de equilibrio, inseguridad, presión arterial alta y fallos visuales, pero todo paulatinamente vuelve a la normalidad. Le preguntamos al doctor que es lo que podíamos hacer y el nos respondió que rezáramos mucho por ella y por él para que Dios le guiara y pudiera hacer un buen trabajo, que después de la cirugía nos turnáramos y descansáramos lo más posible porque este iba a ser un proceso largo.

Yanay, estaba callada, les acercó el café y los panecillos y se sentó en una butaca a esperar. El cirujano les dijo que la cirugía duraría de 5 a 7 horas para poder saturar la vena antes de cerrar.

En ese momento llegó el hermano de Francesca y entonces Yanay recordó que tenía la carta y la tarjeta en el bolso y le entrego la carta a Alexandre para que la leyera. Él quedó bien aturdido y decía:

—Yo no puedo creer que yo le haya causado tanto mal a quien más quiero.

Yanay a su vez opinaba:

—Yo sabía que en el fondo, ese americano que se cree que es un rey, era un bruto.

Alain saltó y dijo:

—No Yanay, estás equivocada, los hombres reaccionamos

como animales ante una imagen como esa, no somos muy racionales y si yo estuviera en su lugar, a lo mejor los tiro por las escaleras a los dos.

Alexandre asintió y dijo: — Yo tal vez, hubiera hecho lo mismo.

Entonces Alain explicó que eran las dos de la tarde en los Estados Unidos y como hablaba inglés, iba a tratar de comunicarse con él, para hacerle saber lo que había pasado y de paso aclararle que estaba errado, que ella estaba con su hermano.

Capitulo XIII
Baltimore, Maryland. Llegada de Christopher.

Christopher fue del aeropuerto directo para su casa y llamó a sus hijos para saludarlos y preguntarle por los negocios, la empresa gomera, las rentas de los bienes raíces, y otros asuntos. Su hijo le explicó que se había volcado una de sus rastras dos días atrás y el equipo fue declarado como perdida total. Cayeron gomas al vacío y se robaron como 60 gomas. Afortunadamente, le dijo, el chófer quedó con vida. Tenía dos o tres fracturas en el cuerpo, está hospitalizado y estable. Por favor, Richard, respondió él, no dejes de atender a esa familia, pásale el sueldo completo y lo que necesiten.

Yo los veré en unos días porque me voy solo para la cabaña. Quiero pasar unos días de meditación y tranquilidad. Los hijos preocupados le preguntaron si no le había ido bien en Francia, ya que siempre decía que estaba feliz. Como estaban en una conversación triple, la hija le expresó que le preocupaba su tono de voz, que le parecía que había algo que les ocultaba, y le preguntó: —¿acaso no nos tienes confianza? – Pero él solo les dijo que no se preocuparan lo único que quería era estar tranquilo.

Christopher llegó finalmente a la cabaña. Había ido manejando su camioneta durante largas horas de camino, pensando todo el tiempo en la falsedad de Francesca. Hablando consigo mismo, se decía: —yo me considero un hombre bueno y paciente. He perdonado muchas veces las faltas ajenas, pero en un caso como éste, no puedo perdonar ni volver atrás.

Razón tenían mis padres al decir, que los únicos amores que no fallan son los de Dios y los de los padres. Tal vez mi destino es recorrer el camino de la vida solo, yo no le tengo miedo a la soledad pero sí al engaño y el dolor que produce. Estaba lleno de pensamientos tristes y negativos y así estuvo cerca de cuatro horas, por todo el camino hacia la cabaña.

Después de un largo viaje, y muy cansado, llegó al fin a su destino. Llorando bajó los comestibles, las varas y los accesorios de pescar. Lloraba por la traición de Francesca y además por la tristeza que le producía llegar a ese lugar donde estuvo tantas veces con su esposa, donde pasó días de descanso, amor y paz, recuerdos que también contribuían a empeorar su estado de animo.

Lo primero que hizo cuando llegó a la cabaña fue buscar un disco de música instrumental que le entretuviese y sacara de su mente la imagen de Francesca abrazada a otro hombre. Él había tomado una caja de música de su habitación y la había llevado con él, entonces puso el primer disco que estaba en la caja, cuando empezó a oírlo le gustó la música porque no reconoció la canción, y entonces empezó a cantar el afamado cantante español las siguientes estrofas:

Recuerda los momentos que pasamos;
los días que estuviste junto a mí;
recuerda como nos enamoramos;
Francesca no me dejes mi Francesca;
no me dejes te lo pido,
si ya sabes que no vivo, si no tengo tu cariño;
recuerda como nos enamoramos,
Francesca no me dejes mi Francesca;

no me dejes te lo pido;
sí ya sabes que no vivo,
sí no tengo tu cariño.....

Pensó que era imposible o era una broma de mal gusto o que había tomado la caja de música de su ama de llaves que solamente oía música española. ¡Qué horror!, no lo puedo creer, se decía a sí mismo, nada menos que una canción dedicada a una tal Francesca, ¿que juego del destino es este? Y exclamó: —ahora mismo acabo con este jueguito, vayan el disco y Francesca al diablo—Agarró el disco y lo tiró contra el piso y después lo pisoteo todo. Estaba fuera de quicio.

Entonces para despejarse decidió prepararse un café, mientras limpiaba la cabaña, y cambiaba las sábanas de la cama que llevaban mucho tiempo sin usarse. Después que terminó se dio una ducha y se tiró un rato en la cama. No se despertó en muchas horas, hasta que sintió un ruido de algo que merodeaba alrededor de la cabaña y vio un oso y más allá un venado. El oso buscaba comida en la parte de atrás de la camioneta, atraído por el olor a los comestibles que había transportado en el vehículo. Se preparó un emparedado o sándwich, y se lo comió con un vaso de leche.

Volvió a preparar café para pasar la noche, tenía que volver a ponerle combustible a la planta eléctrica para poder ver algo de televisión, enfriar el refrigerador y hacer otras cosas pendientes. Tuvo que salir de la cabaña y tirar dos tiros al aire para espantar al oso. Al día siguiente pensaba bajar al pueblo a comprar varias cosas que le hacían falta y llamar al negocio para saber como seguía el empleado accidentado hablar con sus hijos para que supieran que estaba bien, pues se habían quedado muy preocupados.

Llamada telefónica de Francia al negocio de Christopher:

Alrededor de las tres de la tarde, hora de los Estados Unidos, se recibió una llamada de larga distancia para el Sr. Christopher Smith de carácter urgente y así se lo explicaron en ingles a la muchacha que contestó el teléfono. La recepcionista que recibió la llamada dijo:

—Un momento por favor voy a ponerlo en espera mientras consigo comunicarme con el hijo del Sr. Smith que está en el almacén. La espera va a ser de unos minutos, no cuelgue por favor.

Ella comenzó a localizar a Richard por los altoparlantes de la compañía y le dejó saber que tenía en espera una llamada urgente de Francia. Richard se apresuró y atravesó todo el almacén para llegar a una extensión de teléfono y se identificó

—Yo soy el hijo de Christopher, mi nombre es Richard, ¿quien lo busca y cuáles la urgencia?
—Yo soy Alain el yerno de Francesca.
—¿Y quién es Francesca?
—La novia de su padre.
—¿Y qué está pasando?
—Francesca tuvo un accidente en su casa, se cayó de espaldas por la escalera y está muy grave, en el salón de operaciones del hospital.
—Voy a tomar los datos porque mi padre no se encuentra en la ciudad, parece que no regresó muy bien de Francia y se retiró por unos días para una cabaña lejos de aquí.
—Mire Richard, ha habido un mal entendido grave, trate de comunicarse con su padre, pues él malinterpretó unas muestras de cariño entre Francesca y su hermano, sucede que él los vio, y pensó otra cosa. Su hermano, también está ahora con nosotros en el hospital y muy ansioso de explicarle a su padre el motivo de su visita. Cuando Christopher fue a recoger a mi suegra para ir al aeropuerto fue cuando los vio abrazados. Su papá se cegó y

ni siquiera se acercó a ellos, cosa que hubiese evitado todo esto que estamos pasando, no lo critico yo tal vez hubiera hecho lo mismo, prosiguió Alain, Christopher regresó al hotel y le escribió una carta acusando a Francesca de infidelidad y entonces cuando ella recibió la carta de manos de un empleado del hotel, subió desesperada las escaleras para buscar el bolso y llegarse hasta el hotel para aclarar la situación, pero dio un paso en falso y resbaló por las escaleras cayendo de espaldas.

Richard no salía de su asombro y le contestó:

—¡Qué desgracia Dios mío, ahora mismo salgo para la cabaña, pues el viaje para buscar a mi padre, demora unas horas. Le voy a contar a mi hermana por el camino para que le saque un pasaje de regreso a Francia lo antes posible, porque él también regresó destruido, nosotros estábamos bien preocupados por mi papa.
—Por favor Alain dígame su número de teléfono para que mi padre se comunique con usted y el nombre del hospital, ¿está en París?
—Si, está en París, en el Hospital Universitario en la sala de traumas.
—Muchas gracias, mi padre se comunicará con usted, ahora mismo salgo para allá.
—Bueno, Richard, muchas gracias, a usted también, por su acogida.

Llamada a Milam

—Milly, mi hermana, ya se lo que tiene papi, yo estoy en camino para la cabaña
—Pero, ¿qué pasó?
—Luego te lo cuento con lujo de detalles, pero no cambia, es un cowboy americano bruto. Por favor, necesito que salgas ahora para la casa, toma todos los papeles que trajo en su maletín y con el pasaporte sácale un pasaje urgente para París, en primera

clase bien cómodo y en un término de siete horas ya estaremos en el aeropuerto. Dile al ama de llaves que le prepare de nuevo el equipaje con toda la ropa limpia, que ropa tiene de sobra.

—No me puedes dejar así, ¿qué pasó?
—Anota el teléfono del yerno de la novia de Papi que se llama Alain y habla el inglés perfecto, pregúntale lo que pasó y dile que te estás interesando por ella. Lo menos que ha pasado es que por no aclarar él las cosas, la mujer está en estado de coma con un trauma en el cerebro.
—¡Ay!, pero, ¿qué paso?, ¿la golpeó?, yo no lo puedo creer, mi padre nunca ha sido agresivo.
—¡No, Milam, no!. Fue un accidente.
—¡Ahhhhhh!, qué alivio. Ahora mismo llamo a Alain.

Lo llamó y le dijo que contara con ellos para todo, que cualquier gasto adicional su padre lo cubriría todo, que estaban muy preocupados. También le dijo que pensaba irse con su padre, no lo había dicho, pero él también estaba mal y necesitaba apoyo.

Richard llegó algo después de las siete de la noche a la cabaña, estaba cayendo el sol y había una vista preciosa del crepúsculo. Christopher estaba tratando de entretenerse con el televisor pero sintió un motor a lo lejos y se asomó a la ventana, entonces vislumbró unas luces que se acercaban muy rápidas. Se quedó mirando y pensando que tal vez un vecino vio luces en la cabaña y quería saludarlo o a lo mejor era el sheriff, que estaba haciendo rondas para vigilar las propiedades.

Cuando la camioneta de Richard frenó rápidamente frente a la cabaña, levantando polvo y hojas secas del terreno. Christopher pensaba quién había llegado en esa forma y vio a Richard bajarse del carro muy apurado. Christopher corrió a abrir la puerta ¿qué pasa Richard? has llegado como un loco.

—¿Es qué ha pasado algo?

—Sí, ha pasado algo terrible.

—Le ha pasado algo a tu hermana o al chófer de la rastra?

—No, fue a tu novia a quien le pasó.

—De que novia hablas, yo no tengo novia.

—Sí, tienes novia y se llama Francesca y está en coma en un hospital en París por culpa tuya, por tu carácter y tu brutalidad.

—¿Qué te pasa?, estas hablando con tu padre, respétame y repíteme que le pasó a esa mujer.

—Recoge los documentos tuyos y tus medicinas, yo voy a desconectar la planta eléctrica y cerrar bien la cabaña, que nos tenemos que ir directos al aeropuerto. Yo te explico en el carro con detalles, pero lo único que te puedo decir es que el hombre que ella abrazaba y besaba era su hermano, que vino de lejos a conocerte.

—Su hermanito…. Si, se lo voy a creer.

—Papá me llamó el yerno Alain y me explicó que tú le hiciste llegar una carta acusadora y ofensiva y cuando ella subió al apartamento a buscar su bolso para salir detrás de ti, con la carta en la mano rodó por las escalares y se golpeó la cabeza. Tiene un trauma en el cerebro y esta muy grave.

Él empezó a llorar y se daba golpes en el pecho, patadas en el piso y se pasaba las manos por la cabeza, pidiéndole explicaciones a Dios. ¿Porqué me pasa esto?, primero pierdo a mi esposa de una forma trágica y ahora esta otra que también amo, que yo pensé que usted me había dado una segunda oportunidad de ser feliz y me la quiere llevar, ¡no! "no! ¡no lo voy a permitir que me la lleves, es mía y no te la vas a llevar, voy a luchar porque viva.

—Muévete rápido Richard, ¡vamos ya!

—Papá yo te amo pero me tienes bien preocupado.

—Richard, yo me voy en mi camión. Te veo en el aereopuerto.

—Tú te vas conmigo Papi, el tuyo es un camión mas viejo, que lo usas para remolcar el bote y no va a pasarle nada, además tú no estas apto para manejar en este momento, estas nervioso y aturdido.

—Richard, ¿tú tienes el teléfono de Francia de Alain?

—Si, yo tengo el número del celular de él y su código internacional, porque el me lo dio, también se lo di a hermana.

—¿Y para qué tu le diste ese numero a tu hermana?

—Ella está coordinando tu llegada con esa familia y además te sacó el pasaje para que no tengas que esperar por el vuelo. Ya te lleva la maleta preparada al aeropuerto.

—Ya veo en el plano que he quedado, un viejito inútil e incompetente.

—Richard responde—no papá, tú siempre con tus complejos.

—No te tires con guapería conmigo porque yo con 60 años estoy mas fuerte que tu, más competente sexualmente que un joven y además con sabiduría.

—Vamos a dejarlo ahí, "*super-anciano*", hum…ya veremos, cuando Francesca se recupere pregúntale quien soy yo. Hablando de eso, dame el teléfono de Alain y tu celular que el mío esta descargado.

Llamó a Alain repetidas veces y no contestaba el teléfono, ya estaba perdiendo la paciencia cuando por fin contesto:

—¡Alo, alo!, Alain soy yo, Christopher, ya se todo lo que ha pasado, dime como está, ¿qué han dicho los médicos?. Muy poco, ya salió de cirugía pero está en recuperación y el neurocirujano no ha salido del salón. Allá está mi mujer con Chloe y con Yanay, pero no hay noticias todavía.

—Alain yo estoy en camino para el aeropuerto, debo llegar a París a las 4:00 de la mañana hora de Francia, voy al hotel a dejar el equipaje y los veo en el hospital a las 6:00 a.m. quiero que hables en el hospital y pidas un cuarto privado para que no la moleste nadie, yo corro con las gastos, así también tendremos una sala privada y un baño particular dentro del cuarto. Yo no me pienso mover de su lado hasta que no se recupere, nos vemos allá y dile a sus hijas que me perdonen por actuar tan inconsecuentemente.

Christopher quería manejar porque estaba muy apurado, pero Richard no lo dejó.

—No voy a permitir que tengamos un accidente ahora, seria el colmo. ¿Por qué no te duermes en el carro?
—Dormirme yo, ¡estas loco!, ahora voy a estar nueve horas en un avión, de dormir un rato, si es posible lo haré en el avión, pero yo creo que ni con un pomo de píldoras para dormir lo lograré, estoy muy tenso y tu te has aprovechado de eso para faltarme el respeto.
—No viejo, no, yo te amo mucho, pero es que venia nervioso por haber pensado en algún momento que habías golpeado a esa mujer.
—¿De dónde tú has sacado que yo pudiera ser tan animal? Jamás golpeé a tu madre, ni la ofendí. A tu abuela, que era insoportable y no era mi madre, jamás la traté mal, ni le hice un reproche, por no herir a tu madre.
—No sé si yo hubiera actuado igual que tú, tendría que estar en tus zapatos.
Llegaron al aeropuerto alrededor de las 11:30 de la noche porque llovía a cantaros.
—Papá, el vuelo sale a la 2:00 de la mañana y llega a París alrededor de las 10:00 de la mañana hora de Estados Unidos, que serán como las 4:00 de la mañana en Francia. Te da tiempo a ir a registrarte en el hotel, darte una ducha, vestirte e irte para el hospital. No te atolondres porque después pierdes mas tiempo volviendo al hotel.
Cuando llegaron al salón de la aerolínea francesa estaba Milam esperándolos con tres maletas. Le dio un beso a su hija, la abrazo fuerte y le dijo:

—¿Por qué has traído tanto equipaje?, yo quiero no cargar tanta ropa.

—No papá, no es tu ropa, dos maletas son mías y una es tuya.

—¿Para dónde tu vas?

—Yo me voy contigo.

—¡Oh, my god, what the heck! Ustedes se creen que yo soy un viejo decrépito.

—No papi, mi deber como hija es estar contigo en este momento para apoyarte y limar las asperezas con la familia de la francesa.

—La francesa no, se llama Francesca.

—¡ Qué nombre mas bonito! dijo Milam.

—Richard registra a esta malcriada y a mi, entrega las maletas y averigua la hora de entrada al "gate", para entrar en el avión Nos vamos a tomar unos cafés y a lo mejor un pie de manzana porque no he comido y me tengo que tomar dos tabletas para el dolor de cabeza, que se me revienta.

—¡No papá!,—dijo Milam -, vamos para la enfermería del aeropuerto para que te tomen la presión antes de tomar el avión.

—¡Si, si, si, ya voy, primero el café y el pie de manzana. Mira niña, después que me tome el café y las pastillas y me siente tranquilo, se me pasa el dolor.

—¡Ok papá!, qué caprichoso eres, pero te adoro.

En eso se escuchó por el altoparlante:—Llamada del vuelo numero 399 con destino a París, por favor vayan al gate "g" para esperar el abordo al avión—Christopher se acercó a su hijo y le dijo:

—Hijo, te extraño mucho cuando nos separamos, pero yo necesito que tu sigas al tanto del accidentado, de las rentas y la empresa. Te devuelvo a Milam en seis días.

En ese momento, saltó Milam y le dijo:

—Cómo te gusta dar ordenes, ¿ya decidiste mi regreso?

—No mi amor, no te quiero metida en el hospital tantos días, esto no es un viaje de placer, cuando me case con Francesca vienes todos los meses si quieres.

—Hasta de matrimonio ya habla, ¡cómo esta mi viejo, mandado a correr !Good for you!

Abordaron el avión en primera clase, ya las pastillas le habían hecho efecto a Christopher y durmió varias horas. Las aeromozas lo taparon y Milam pidió otra colcha para ella y durmió a su lado, con la cabeza en su hombro. Cuando pusieron las colchas ella le pidió a la aeromoza que por favor no despertara a su padre, que si se necesitaba algo, se lo pidiera a ella. Lo miró y pensó: —este hombre es mi ídolo -. Christopher se despertó a las 6:00 de la mañana, hora de Estados Unidos y despertó a Milam para ir juntos a los baños. Cuando regresaron, les brindaron champagne y les preguntaron si querían algo de comer, pues habían servido comida dos horas antes. El no quiso champagne, lo que deseaba era un Sprite y unas galleticas. Milam quiso algo de comer, pero ligero porque tenia nauseas en el estomago vacío, a lo mejor producto de los nervios, pensó ella.

Christopher encendió el televisor del avión. Estaban pasando la película que se llevó casi todos los Oscares en el año 2006: "Babel" protagonizada por Brad Pitt y Kate Blanchett, dos grandes de la pantalla. Terminando la película, se recostaron sintiendo el tren de aterrizaje. Quince minutos más tarde dieron instrucciones de que se pusieran los cinturones de seguridad, se sentaran derechos y colocaran todos los bolsos debajo de las butacas para el momento del aterrizaje.

Milam, que iba sentada al lado de la ventanilla, le iba diciendo: —¡mira, mira papi que lindo! todavía están las luces encendidas y se ve la Torre Eiffel y hay como una estrella gigante al lado, todo está encendido, ¡que belleza!. El Capitán Holden, quien estaba a cargo de la nave, les dio las gracias por haber volado con él en las aerolíneas francesas.

CAPITULO XIV
Llegada a París

Tomaron un taxi del aeropuerto al hotel donde Christopher se había hospedado anteriormente, que era uno de los mejores. Al llegar a París, Milam lo miraba todo maravillada, estaba en la ciudad de sus sueños, que pena que fuera bajo esas circunstancias. El botones que estaba en la entrada lo reconoció enseguida y le dio la bienvenida sorprendido del regreso repentino y además porque traía una joven a su lado. Christopher le dijo que la joven era su hija y que iba a pasar varios días con él. Cuando llego a la carpeta del hotel pidió una suite con dos camas grandes separadas para él y su hija. Eran ya pasadas las 5:00 de la mañana y pidió dos desayunos, lo antes posible con café, pues tenían que salir inmediatamente. Christopher le dijo al muchacho de la carpeta.

—Por favor, consígame el teléfono y la dirección del Hospital Universitario que tengo que salir urgentemente para allá. --Milam, no creo que yo encuentre a Alain a esta hora en el hospital, el lleva la niña a la escuela y deben estar durmiendo. Alguien en el hospital me puede ayudar con la traducción en inglés o en español, esperemos. Dijo Christopher.

Llegaron al cuarto y se ducharon y vistieron rápidamente. Milam le dijo:
—Papi vamos a desayunar, te tomas tus pastillas y vamos para el hospital.
Estamos en París y es una perdida de tiempo buscar alguien que

te entienda por teléfono.

—¡Ok hija!, llama a la carpeta y pide un taxi que nos lleve al hospital, que esté aquí en 20 minutos. Desayunaron ligeramente. Milam vomitó el desayuno, pero pensaba que se había puesto nerviosa por el problema de su papá . Christopher por su parte, con tantas preocupaciones, no imaginaba el problema de su hija. Milam estaba embarazada y le daba pena confesárselo a su papá. Ella estimaba que ya tenia suficientes preocupaciones para crearle otra más. Estaba disgustada porque los malestares la podían delatar. Dos horas después, en el hospital volvió a desayunar porque se sentía débil.

Al llegar al hospital Christopher se dirigió directamente a la Sala de Recuperación de Cirugía en el Departamento de Traumas. Empezó a indagar donde se encontraba la paciente Francesca Lemar. Estaba preguntando en inglés y Chloe que se encontraba en un rincón del salón, comenzó a llamarlo. Su hija Milam se volvió hacia él y le dijo:—papi, hay una joven que te llama desde aquel rincón del salón.
Inmediatamente Christopher se dirigió hacia ella, le dio un fuerte abrazo y un beso. Ella entendía muy poquito español y no lo hablaba correctamente, no obstante, abrazado a ella, le decía en esa lengua:—discúlpame por lo que ha pasado, me siento responsable y esto es lo último que yo hubiera deseado, por favor, mostrándole el celular, marca a Yanay, "please".

Trataron de comunicarse con Yanay, pero ella estaba tan agotada que no oía el timbre del teléfono. Insistieron varias veces, hasta que cogió la llamada, y entre despierta y dormida Christopher le habló:
—¡Por favor Yanay!, te necesito aquí lo antes posible, estoy en el hospital.
—¿Ha pasado algo, se ha puesto peor?
—No sé nada, nadie me entiendo y yo no hablo francés necesito que tu preguntes cuando vengas y me sirvas de intérprete y

además necesito una enfermera o enfermero para pagarlo adicional, que hable inglés o español, principalmente ingles, porque mi hija vino conmigo y ella no conoce ni el español ni el francés. Toma un taxi que yo lo pago cuando vengas. Me llamas cuando estés llegando.

—Estoy ahí antes de una hora, no te desesperes.

—Por favor Yanay aquí está una enfermera y necesito que hables con ella, te de un reporte de como se encuentra y le expliques que yo soy su novio y necesito estar al lado ella.

Cuando Yanay terminó de hablar con la enfermera le explicó a Christopher, que ella estaba todavía en estado crítico, que los médicos llegarían a las 9:00 para evaluar a la paciente y mirar los records o notas de los que pasaron la noche atendiéndola, que ella iba a hacer una excepción y dejarlo pasar un rato, pero primero tenia que desinfectar sus manos y vestirse con ropa desechable del salón de cirugía, hasta los pies, puesto que cualquier bacteria podría ser fatal en estos momentos.

La enfermera lo llevó a una habitación y lo dejó todo para que él se pusiera la ropa esterilizada Sobre la suya. Cuando la enfermera lo llevó a la habitación y el la vio inerte, llena de tubos y cables, con monitores alrededor de ella, se llevó una fuerte impresión, y comenzó a temblar. Le corrían las lágrimas por las mejillas mientras le cogía la mano y repetía:—mi amor, estoy aquí, soy Christopher, perdóname, perdóname mi amor, yo no pensé hacerte daño con esa misiva y jamás hubiera querido que pasaras por todo esto -. La enfermera haciendo señas le dijo "una hora". También le advirtió señalando los equipos, que no tocara nada en el cuarto. Finalmente le trajo una silla para que se sentara al lado de ella.

Cuando la enfermera se retiró, el le cogió las manos y se las besó. Le tomaba la mano de ella y se la pasaba por su rostro mientras la llenaba de besos. Le decía una y otra vez, perdóname, perdóname y en tono de oración se dirigía a Dios y le pedía ayuda, que le diera otra oportunidad, que ella saliera bien de todo esto y se la devolviera como era antes, sin secuelas. Así estuvo un rato. Luego llegó un médico y con gestos le pidió que abandonara la habitación.

Al salir de la habitación vio a Yanay que le informó:

—Chris dijo: acabo de hablar con el clínico y me dijo que las placas no mostraban daños permanentes, que él iba a evaluar el progreso que había tenido leyendo las notas de los enfermeros de la noche y las del médico de cuidados intensivos. Que si el resultado de las placas es favorable, ten fe que en unas 24 horas se comenzará a ver algún síntoma de mejoría. Chris le agradeció a Yanay por su ayuda y le dijo que la compensaría en el momento adecuado. Entonces Yanay le respondió:—Ella es como mi madre y su mejoria es mi mayor recompensa.

—Está bien te entiendo, déjame presentarte a mi hija y yo te sirvo de interprete contigo.
   Mi hija me quiso acompañar de todas formas, pero va a pasar trabajo aqui porque no habla ni francés, ni español.
—Christopher, yo sugiero que nos comuniquemonos con una compañía de turismo de aquí, que hay muchos contactos alrededor de los lugares turísticos y que contrates un guía o intérprete para ti y para tu hija, pero sobre todo para ella porque yo me voy a mantener el mayor tiempo posible a tu lado para que estés al tanto de la mejoría de Francesca.
—Lo necesito aquí lo antes posible para que la guíe a ella para todas partes. Yo no me pienso mover de aqui. Si es posible te agradezco que sea una mujer intérprete para mi hija que es una señorita.

Milam no entienda nada de lo que decían.

—Papi por favor, pregúntale a esta muchacha donde podemos encontrar un lugar para rezar y meditar.

Yanay le preguntó a la enfermera y ella indicó que tomaran el elevador hasta el primer piso y al lado de izquierdo del lobby encontrarían una pequeña capilla.
Christopher bajó con las dos muchachas y se inclinó ante una cruz. Milam se dirigió con Yanay hacia otro extremo de la capilla, donde estaba una imagen de la Virgen María. Allí se hincó de rodillas frente a la Virgen y estuvo pidiendo que no permitiera que su padre perdiera esta oportunidad de volver a ser feliz y que devolviera a la francesa al mundo y la sacara de esa oscuridad en la que se encontraba.

También pidió por ella misma, que la guiara para salir de este problema en que se encontraba. Ella no pensaba abortar la criatura, es más, que si era niña se iba a llamar Marie.

Yanay la observaba y se dio cuenta que mientras pedía, al final se había tocado el vientre. Entonces se acercó a ella y tocándole el vientre le preguntó "¿baby?' Milam muy turbada se llevó el dedo índice a la boca y le hizo una seña de silencio. Yanay entendió lo que pasaba. Al volver a la sala de cuidados intensivos ya se encontraba allí Camille y Alain. Christopher respiró tranquilo abrazándolos a los dos, besó a Camille y le pidió disculpas. Ella se viró hacia él y le dijo a través de su marido: —Alain hubiera hecho lo mismo, ya lo ha dicho como cuatro veces, no sufras más, fue un accidente.

Christopher se separó del grupo con Alain y le dijo:
—Alain, necesito un favor tuyo, se lo encargué a Yanay, pero me parece que tú vas a resolver mas rápido. Necesito dos traductores de inglés, uno para mi hija, preferiblemente mujer y otro para mi, aquí en el hospital, yo se que eso cuesta, pero me desespero cuando no se lo que esta pasando, y agregó, no te

vayas ahora mismo, pues el clínico esta mirando las notas de la noche y el neurocirujano esta en camino y yo necesito hablar con los dos. Y Prosiguio:

Quisiera además que les expliques que no escatimen en gastos adicionales para el bienestar de ella, que yo cubro todos los gastos. Necesito que vayas con mi hija y ella presente su tarjeta para cubrir los gastos de intérpretes y además firmar el contrato. Te agradezco mucho todo esto.

Alain le contestó que no le tenía que agradecer, que era un deber para él. Se sentaron a charlar todos los presentes, en varios idiomas, parecido a una Torre de Babel, nadie se entendía. Serían cerca de las 10:00 am cuando salieron de la habitación de recuperación, el clínico, el neurocirujano y una enfermera se dirigieron hacia ellos preguntando en francés: —¿quienes son los familiares de la paciente Francesca?, todos se pararon y entonces los médicos agregaron: —por favor, solo el esposo y los hijos, pero Alain se tuvo que unir al grupo para servirle de intérprete a Christopher, explicándoles que él no hablaba francés. El neurocirujano comenzó la plática, diciendo: —Gracias a Dios, las pruebas no registran daños permanentes, pero aún no podemos llegar a un diagnostico definitivo hasta que baje la inflamación del cerebro y se vea que hay movimiento espontáneo por parte de ella, en sus miembros, y que pueda comunicarse de alguna forma y por supuesto que se vea que está coherente.

Christopher le pidió al cirujano, que por favor no escatimara en recursos con ella. Las hijas entonces le dijeron que querían ver a su madre, el médico dio la orden a la enfermera que les permitiera entrar de uno en uno, turnándose, cada quince minutos. Christopher, le pidió a Alain que le rogara que lo dejara estar con ella todo el tiempo, pero el médico le dijo que no era posible en este momento pero que cuando ella respondiera algo si lo autorizarían.

Más tarde, Alain, con Camille, Milam y Chloe pasaron por el centro de turismo y contrataron una intérprete para Milam y un intérprete para Christopher, para que Alain pudiera ocuparse de la niña. Entonces Christopher le ofreció a Chloe que se quedara en el hotel con Milam, puesto que ella vivía muy lejos y había tenido que dejar su niño y su marido, pues no pensaba regresar a su casa hasta que su madre estuviera consciente.

En cuanto el intérprete de Christopher llegó al hospital, éste le pidió a Yanay que se fuera a descansar un rato. Le ofreció al interprete que iba a remunerarlo bien pero lo necesitaba todo el tiempo a su lado, solo cuando llegara el yerno de Francesca él se podría ir a descansar y regresaría al caer la tarde cuando el yerno se fuera. Se recostaron los dos en unas butacas y empezaron a mirar el televisor, el intérprete le traducía las noticias y así fuero pasando las horas y los dos se quedaron dormidos en las butacas. Alrededor de las 4 de la tarde, llegó una enfermera y despertó a Christopher y él, a su vez, despertó al intérprete

—Por favor, mira a ver que quiere la enfermera.
—Su novia esta reaccionando, moviendo los dedos de la mano y se queja de dolor.

—Por favor, pídele a la enfermera que me permita verla, aunque sean 5 minutos antes de volverle a dar el calmante para los dolores, que le va a dar sueño.

Él corrió a ponerse la ropa esterilizada y prácticamente pensaba entrar corriendo en la habitación de Francesca, la enfermera lo requirió y le decía—slow, slow -, cuando logró entrar le cogio la mano a Francesca y le dijo:

—Mi amor, estoy aquí, soy yo, Christopher. Si tú me escuchas mueve los dedos de las manos.

Ella comenzó a mover los dedos de la mano suavemente y él se emocionó al punto de que no pudo aguantar el llanto, le cogía la mano, se la besaba. Ella se quejaba y él le preguntó si le dolía mucho y ella moviendo un dedo de arriba para abajo asintió. La enfermera llamó al médico de guardia del salón y entonces la enfermera mediante señas, le pidió que se retirara. En unos minutos se presentó el médico y le volvieron a pedir que se retirase pues iban a evaluarla y hacerle algunas pruebas.

Christopher bajó con el intérprete y lo invitó a tomarse un café y a comer algo. Dieron algunas vueltas por los jardines interiores del hospital para así disipar un poco, mientras conversaba con su empleado.

Milam, Chloe y la traductora ya se estaban acomodando en el hotel, tenían dos camas enormes para las tres, además en la salita había un sofá cama. Estaban conversando y la traductora por el camino se ofreció a llevar a Milam, al día siguiente a la Torre Eiffel, durante algunas horas para que fuera viendo algo de París. Cuando la traductora se quedó traduciendo lo que Chloe y Milam hablaban, ésta empezó a vomitar y a sentirse muy mareada e inestable. Entonces Chloe se ofreció a localizar un médico en el hotel, pero ella se negó rotundamente.

—No, no te preocupes por lo que yo tengo, ya con la preocupación tan grande que tengo yo, basta.

La traductora, que era una mujer madura, le dije a Chloe:— Esta chica, esta gringuita lo que tiene es que está embarazada, me doy cuenta por la vomitera que tiene y además, se queja de mucho dolor en los senos. Después Milam se recostó, se lavó la boca y le pidió a la intérprete si podía conseguir alcohol o algo para las náuseas. Entonces Chloe se llegó a la carpeta y le pidió al empleado que la ayudara a conseguir un poquito de alcohol o algo para la fatiga.

El muchacho le contestó que él tenía algo de alcohol, pero para la fatiga tenía que localizar al médico y no se encontraba en ese momento. Usted puede llegarse a una farmacia y pedirlo.

Chloe le dio el alcohol y cuando vio que se mejoró le habló lo siguiente:

—Estamos entre mujeres Milam, por favor dinos qué te pasa para poder ayudarte, acuérdate que no tenemos la misma sangre, pero por lo que veo muy pronto vamos a ser algo así como hermanas.

Entonces Milam empezó a llorar desconsoladamente y les confesó:

—Es que estoy embarazada y mi padre ni se lo imagina.

—¿Por qué no se lo dices?

—Tú no sabes lo que hablas, mi padre ha sido un hombre muy recto, no fuma, no toma, ha sido muy estricto con nuestra crianza, dedicado siempre a mi madre, a nosotros y a su trabajo y en estos momentos esto seria como otro volcán en erupción para él, tengo que esperar a que tu mamá se recupere y entonces se lo diré.

La traductora le preguntó:

—¿Y no has considerado la opción de un legrado?

—No, yo soy una persona de fe y no creo en el aborto, además en mi país está abolido y el primero que no me lo perdonaría seria mi padre, porque nosotros consideramos el aborto como un crimen. Chloe le entonces le preguntó:_

—¿Y quién es el padre de la criatura?

—Eso es lo peor, yo fui hace dos meses a una discoteca con unas amigas y no bebí bebidas alcohólicas, pero en la soda me pusieron alguna droga y ya no recuerdo nada más, amanecí en el asiento trasero de mi carro sin panty y con toda la ropa y las piernas sucias y pegajosas por el semen. No sé si fueron varios hombres, sé que estuve con dolores internos varios días, sin decírselo a nadie, ustedes son las primeras que se enteran de mi problema. Por favor no lo comenten con nadie. Se imaginan, no se si la persona que me violó está sana o tiene Sida u otra enfermedad venérea, no sé si es de raza blanca o de otra raza o un "extraterrestre". No sé nada. Entonces la intérprete trató de aconsejarla que la mejor opción era el aborto.

—Tú no sabes si traes a esa criatura con una enfermedad crónica o si el padre es drogadicto y te sale el niño anormal. Aquí en Francia el aborto es legal y es gratuito y no tienes ni que pedir ayuda a tu padre, nosotras mismas te podemos ayudar, piénsalo bien ahora que tienes la oportunidad.
Milam les dijo después de quedarse un rato pensativa:
—En cuanto yo vuelva a mi país voy a ir a ver a mi médico y le voy a pedir que me haga un chequeo general y sobre todo la prueba del Sida y de otras enfermedades, pero por el momento tengo que aguantar callada.

Después de esta conversación, las tres se ducharon, fueron a comer y se tiraron un rato a dormir.
Christopher, entre tanto, estaba deambulando por el hospital. Subió a ver a Francesca pidiéndole permiso a la enfermera. Se interesó acerca de la ultima evaluación del médico. La enfermera le explico:

—El doctor dijo que esta reaccionando favorablemente, todas las pruebas han resultado mejores que las anteriores y los signos vitales están mejorando también.

Fue hacia la silla y la coloco al lado de la cama, tomó la mano de ella y se inclinó sobre el lecho. Ella estaba sedada, el tiempo pasó y se quedó dormido hasta que sintió que le rozaban el cráneo como acariciándolo y para su sorpresa y regocijo era la mano de Francesca. Él se viró para ella y le pregunto si se sentía mejor, ella le hizo un movimiento de lado con la mano que significaba mejoría. ¡Qué contento estoy!, gracias a Dios, ahora si sé que ya te das cuenta que estoy aquí contigo,—¿me oyes hablar? Ella de nuevo le hizo señas con un dedo como indicándole que lo oía bajito. Entonces él le pasó una mano suavemente por la planta del pie y ella lo encogió, lo cual era un síntoma de que no estaba invalida y el cerebro estaba funcionando, poniendo en funcionamiento los reflejos de los miembros del cuerpo.

Él se quedó tranquilo, le hablaba bajito y le decía:
—Mi amor te quiero mucho, cuando me enteré del accidente, casi me vuelvo loco, mi hija quiso venir conmigo y está en el hotel con Chloe y una intérprete. Camille se fue a dormir a su casa con Alain para estar con la niña, mañana, después que la dejen en la escuela vienen de nuevo para acá. ¿Tú me perdonas, verdad?—le dijo acercándose a ella—y ella entonces le acarició la cabeza en un gesto de asentimiento.

—Mi amor, te dejo descansar, pero antes te quiero dormir con una canción que me recuerda mucho nuestro amor y siguió cantando las estrofas que mas le recuerdaban la travesia de su amor:

"La Bohemia", adaptación por Christopher Smith para Francesca". "Les hablo de una época que los menores de 20 años no pueden conocer".

> *La Bohemia, La Bohemia,*
> *Significa que somos felices,*
> *La Bohemia, La Bohemia,*
> *Es que cuando agotados y felices*
> *Solíamos vivir la noche de pasión y yo*
> *Retocando la línea de tus senos solía*
> *Suspirar y recordar cuando eramos jóvenes y locos;*
> *La Bohemia, La Bohemia,*
> *Significa que eres bella;*
> *La Bohemia, La Bohemia.*

—Ya ves mi amor, como también conozco canciones francesas

y se componerlas para ti.
Ella medio soñolienta sonreía y le tocaba las manos.

Después le dejó saber también con gestos que quería descansar, y el le dijo:

—Yo no me voy del hospital hasta que estés del todo recuperada, pero ahora te dejo descansar.

Christopher salió saltando del cuarto, buscó el teléfono y llamó a Milam, a Camille, y a Alain, así como a Yanay y a su hijo Richard. Estaba eufórico, se sentía doblemente millonario porque Dios le estaba devolviendo lo que él quería. Después le pidió perdón a Dios, arrodillado en la capilla, por las blasfemias que había dicho en la cabaña. Se dirigió al intérprete y le dijo que lo acompañara a ver a la enfermera, para explicarle lo que le había sucedido en el cuarto de recuperación. Ella prometió informárselo al doctor enseguida, y le explicó que como ella se había quedado dormida, él se iba a dormir en una butaca. La enfermera amablemente le ofreció que le alcanzaría una almohada limpia y una frazada, pues ella sabía que él se pasaba el día en esa butaca, en espera de noticias. Christopher le pidió al intérprete que descansara y regresara al día siguiente, después de almuerzo, ya que él tendría a toda la familia mañana temprano en el hospital, que ellos lo ayudarían con el idioma.

Al día siguiente, bien temprano, llegaron Milam, Chloe y la intérprete. Le trajeron café, un emparedado y unos pastelitos. Chloe le dijo, que también le había traído un peine, pues estaba cansada de verlo con los pelos parados, le trajo un cepillo de dientes y pasta, y lo mandó a lavarse la cara y los dientes, para que cuando los médicos vinieran y hablara con ellos se fuera a descansar al hotel. No se sabía cuánto podía demorar este proceso, por eso lo alertaba para que se cuidara, pues si demoraba mucho tiempo, él también se podía enfermar y entonces ni él ni ella iban a estar bien. Milam asintió:

—Papá, Chloe tiene razón. Quería decirte que la intérprete me ha propuesto ir esta tarde con ella a la Torre Eiffel, ¿te molestaría que lo haga?

—No mi hija, al contrario, pasea por París porque te vas a ir sin conocerlo.

Más adelante llegaron todos y hablaron en grupo con los médicos quienes les dijeron que si todo marchaba como iba, la pasarían para un cuarto regular en 3 días más o menos para rehabilitarla y si tuviese alguna secuela entonces la llevarían a la terapia del hospital.

A los tres días, como estaba previsto, la pudieron pasar para un cuarto regular, le habían quitado el vendaje de la cabeza y se lo redujeron a un vendaje pequeño en la herida, hablaba poco pero tenia los ojos abiertos y la transfirieron a una habitación privada y Christopher disponía de un sofá cama. Le pidió a la familia que le trajeran ropa, ya que él iba a ducharse allí y no pensaba ir más al hotel hasta que ella fuese dada de alta del hospital. Ya solo faltaban dos días para que Milam se fuera, entonces Milam le pidió a su padre que le permitiera quedarse esa noche con ella, que él se fuera para el hotel con Chloe y descansara y así ella compartiría auque fuera unas horas con Francesca antes de irse. Francesca al oírla le dijo bajito—complácela, yo también quiero compartir unas horas con ella -. Finalmente, él se fue esa noche con Chloe para el hotel.

Cuando se quedaron solas con la intérprete, Milam le pidió que la ayudara a comunicarse con Francesca y además que después que ella se introdujera en la materia, se lo explicara todo.

—Francesca, le dijo Milam, si te hablo de algo delicado que me esta pasando, ¿te fatigarías mucho?. No quiero alterarte si no estás en condiciones, pero necesito tu ayuda y tu comprensión como mujer y como futura hija tuya que soy, para que hables con mi padre. Le voy a pedir a Eugene, la intérprete mía, te ex-

115

plique lo que pasa, ella y Chloe lo saben, pero por favor, no le digas nada a mi padre, hasta que yo me haya ido de Francia, y te encuentres más recuperada. Él es muy bueno, pero a veces se altera ante la circunstancias y es muy conservador para ciertas cosas.

Francesca asintió y después que quedó enterada de todo, le dijo:
—Lo primero que tienes que hacer es preocuparte más por ti y por tu salud mental, has pasado por una violación y tienes que hacerte un chequeo médico, debes atenderte además con un psicólogo, porque si vas a tener a la criatura, tienes que salir del trauma que has sufrido, para que lo veas con cariño y no como el producto de un hecho violento. Le dijo con cariño.
—No te preocupes tanto por tu padre, el tarde o temprano lo tendrá que entender, yo te prometo ocuparme de hablar con el y hacerle comprender que esto sucede todos los días, en todas partes del mundo y desgraciadamente te tocó a ti. Es en este momento cuando él tiene que darte todo su apoyo y protección y con su cariño sanar un poco las heridas que llevas dentro. Siempre que te sientes mal puedas acudir a mi, porque yo voy a dedicarte todo el tiempo necesario para que recibas a ese ser que llega a tu vida con alegría y regocijo.
—Francesca en realidad eres un amor de persona, ahora comprendo porque mi padre se enamoró de ti y se desesperó tanto cuando pensó que te había perdido, yo regresaré pronto para ayudarte en tu recuperación.
—Ese viejito yo no lo voy a perder nunca, ese es mío, desde la primera noche en que me robó un beso contra la pared y yo se lo correspondí.
La enfermera entró y le dijo, Sra. Francesca, tiene otra visita pero trate de conversar poco, para que no pierda fuerzas, vamos a darle 30 minutos solamente a las visitas y después tiene que descansar.

Llegó Yanay acompañada de su hermano que era un hombre

sumamente atractivo, esbelto, musculoso, trigueño y muy pícaro. Cuando entró le cogió la mano a Francesca y se la besó,
diciéndole—cuanto me alegro de verla restablecida, Yanay me
tenia informado de todo, mi hermana ha sufrido como si fuera
su verdadera madre -. Francesca le respondió que ella o sabía y
también la quería como a una hija, a pesar de su "lengua suel-
ta". El hermano de Yanay cuyo nombre era Pierre se alegró de
su buen estado de ánimo y así lo expresó:

—¡Qué bueno que la encontramos tan alegre! Francesca y ¿el
americanito suyo donde esta? porque tengo entendido que no ha
salido de su lado.
—Pues te diré Pierre, que lo obligamos a ir a descansar, pero
me dejó aquí a su hija Milam, esta belleza es la hija del hombre
que amo.
Pierre que desde que llegó había reparado en ella, contestó:
—Sus palabras hacen honra de su persona, es una belleza.
Entonces Milam, después de oír la traducción de lo que él había
dicho, se sonrió y lo miró por primera vez, diciéndole "thank
you", y bajó la cabeza, pero se quedó pensando que el a su vez
era también una belleza masculina, y pensó: —¡qué lastima que
me encuentro en estas circunstancias si no, la que lo hubiera
halagado sería yo!.

Todos pasaron al salón, a petición de la enfermera. Pierre no
quería despedirse tan rápido e invitó a las tres mujeres a comer
un helado al frente del hospital. Yanay se viró para decirle:

—Pierre, ¿tú no estabas apurado, qué te hizo cambiar de rumbo?
—¡Ay Yanay tu siempre metiendo la cuchareta!, ¿por qué serás
así?

La traductora le dijo que no se preocupara que eso no lo iba a
traducir. Milam le pregunto a la interprete—¿de qué hablan? Y

ella le respondió:

—No te preocupes, no tiene nada que ver contigo. Milam dijo:
-Voy a tener que aprender francés. Pierre le preguntó:—¿Qué
dice? Cuando le explicaron, contestó:
—Ella necesita estudiar francés y yo ínglés.

Fueron a la heladería y a Milam le rodaron unas lagrimas por
las mejillas. Yanay le preguntó qué le pasaba y ella respondió:—es que recordé que mi padre enamoró a mi madre en una
heladería—Se despidieron y Pierre le tomó la mano de Milam
y se le quedó mirando a los ojos fijamente. Ella bajó los ojos
y se despidió pues tenía que regresar al hospital para quedarse con Francesca. Cuando llegaron a la habitación, Milam y la
intérprete se tiraron en el sofá cama pues ya Francesca estaba
completamente dormida.

Cuando salían de la heladería Yanay le contó al hermano por la
situación que estaba pasando Milam y le recomendó olvidarse
de ella, porque ella iba a tener un hijo de otro y eso era un problema. Él le contestó a su hermana:
—Si ella se recupera emocionalmente de ese problema a mi no
me importaría casarme con ella.

Yanay estaba asombrada y le manifestó con asombro:

—Oye, ¿no te parece muy pronto para enamorarte? y la novia
que me contaste, ¿que vas a hacer con ella?
—Si esta americanita me aceptase, boto a la otra sin pensarlo.
—Vaya con el otro, dijo Yanay, primero Francesca con su prín-
cipe ¿y tú qué?, ¿has encontrado a tu princesa?
—A lo mejor, dijo Pierre.

Cuando amaneció Christopher llegó al hospital con Chloe, traía
una jarra de flores bellísima, una tarjeta y un osito. Le dijo a su

hija que se fuera, descansara y tratara de ir a distraerse a algún lugar bonito en París, ya que al otro día regresaba. Ella estuvo de acuerdo. Cuando Milam se iba, entraba un hombre con su familia, Christopher enseguida lo reconoció y a pesar de saber que era el hermano de Francesca, se sintió algo incomodo por el recuerdo de aquel día y se le hizo un nudo en la garganta, al punto que lo dejo pasar de largo y no se presentó hasta que se le pasara la impresión.

Al fin Christopher regresó al cuarto, donde Francesca estaba con su hermano, la esposa y el hijo. Francesca se lo presentó:
—Christopher, éste es mi hermano.
Él dijo en inglés, "mucho gusto", saludó a la esposa y les preguntó como se encontraban. Después de un rato el cuñado se acercó a Christopher y le dijo:
—¡Por fin conocí a mi cuñadito americano!, quien me iba a decir a mi, que iba a tener un cuñado americano, ¡con lo bien que me caen!
—Alexandre cuídate la boquita, le dijo la hermana en francés, yo no le voy a decir que te metiste con los americanos, ya él, en una ocasión le contestó fuerte al marido de Chloe, no voy a decir lo que dijiste, ¡ok!
—¿Qué están hablando de los americanos?—preguntó Christopher.
—Que son muy buenas personas, me dice mi hermano.
—¡Thank you!

Pasaron varias horas en el hospital, llegó el médico y les dijo que esperaran afuera. Christopher tuvo la gentileza de invitarlos a la cafetería del hospital para que comieran o tomaran lo que quisieran. Después subieron de nuevo para hablar con el médico. Estaban en la sala justo en el momento que llegó el intérprete de Christopher. A Francesca le iban a hacer otra serie de estudios de rutina: Scan, MRI, electro, análisis y un test psicológico para evaluar las respuestas de ella. Si todo salía bien, la enviaban dentro de las próximas 48 a 72 horas para la casa, con reposo absoluto y una vida muy reposada por unos treinta días. A las dos semanas debería ir a la consulta de su médico de cabecera.

Pasaron las 48 horas y todos los resultados fueron favorables, entonces Christopher se la llevó para el hotel con él. También Chloe se instaló durante un par de días con ellos y después regresó al lado de su esposo e hijo. Christopher le entregó un sobre y le pidió que no lo abriera hasta que estuviera con su esposo, que después hablaría con los dos. Francesca le preguntó qué le había dado a Chloe y el le respondió que un cheque, porque ellos no estaban en buena posición y había una crisis mundial económica. Él los ayudaba porque no le faltaba el dinero y ella era una gran muchacha, y ya la veía como si fuera su hija Milam. Francesca le dijo:

—Christopher desde que te conocí has tenido un gasto de dinero increíble, eres muy bondadoso, pero ¿ a dónde vas a parar.
—No quiero que te preocupes por los gastos, yo sé cuando hay que frenar.
—Yo quisiera ir para mi apartamento, aquí en un hotel encerrada me voy a sentir mal, allá me entretengo y cuido mi negocio.
—Por favor, no insistas, es más para donde yo quisiera llevarte es para mi casa de vacaciones, pero hay que esperar que el médico te autorice a viajar.
—Tú tienes que ocuparte de tu negocio, le dijo Francesca,
—Yo estoy trabajando por computadora desde aquí, no he dejado de trabajar, pero bueno, déjame decirte que yo hablé con Alain hace mucho tiempo y te están remodelando la escalera e instalando un elevador en tu propiedad en estos días. Es un milagro que Yanay no te lo haya dicho, para que puedas subir al apartamento, no quiero ver más esas escaleras.
—Más gastos, estás loco, yo no voy a bajar hasta que tu regreses, pero no gastes más.

—Está bien, ¿tú quieres ser mi esposa?

—¡Por supuesto que quiero!

—Yo no soy machista pero quiero que sepas, que yo soy cabeza
y no cola, aquí el que dirige soy yo.

CAPITULO XV
Un nuevo renacer

Habían pasado catorce días desde la conversación e iban en camino para la consulta del médico para saber el resultado de las últimas pruebas en el hospital, también para saber si ya le podían dar de alta, y llevar una vida normal. El doctor les explicó que todo estaba muy bien, le hizo algunas pruebas con los reflejos que tienen que ver con el cerebro. Todo estaba bien y les explicó que no habían quedado secuelas. Entonces Christopher le pidió a Francesca que le tradujera las preguntas que él quería hacerle al médico.

—Doctor, ¿ella ya puede viajar? ¿Puede tener una vida de ama de casa normal?¿Puede tener relaciones sexuales?
—Ella puede hacer ciertas cosas, poco a poco se recuperara totalmente, pero tienen que ir despacio. Yo quisiera verla en dos semanas para volver a repetir los exámenes. Ahora, mi asistente les va a entregar las órdenes para las pruebas y coordinen las citas con los distintos departamentos. Christopher al salir, le volvió a preguntar:
—Doctor, puedo tener una relación intima de pareja con mi esposa, por favor dígame sí o no.
—Ya le dije, poco a poco, según ella se sienta y lo vaya tolerando.
Cuando salieron de la consulta el médico le dijo a su asistente:
—¿Qué se cree este viejo?
Francesca lo oyó y le contestó en francés, pues no quería que

Christopher se enterara,
—Doctor, usted se sorprendería, tiene la testosterona tan alta como un hombre de 40 años y yo no me quedo atrás con mis hormonas, también son altas.

Por supuesto, no hubo respuesta por parte del médico.
Christopher le pidió al chófer que los llevara al apartamento de ella y le dio la dirección. Ella se sorprendió un poco, pero el le contesto:
—Te tengo una sorpresa.

Llamó a Yanay al taller y le dijo:
—Pon ahora mismo un letrero en la puerta, diciendo que estamos cerrados por todo el día, que ya vamos en camino.
—Si su alteza, esta todo preparado, ¿y yo me voy?
—No Yanay, no te vayas.

Al llegar al negocio ella se dio cuenta que las puertas estaban cerradas en horas laborales y se lo dijo a Christopher.
—Tú ves por qué yo tengo que cuidar de mi negocio, ¿tú crees que estas son horas de que este cerrado? Deja que hable con Yanay.

Ella no tenia la llave del negocio y se alteró un poquito, pero él enseguida la calmó:
—Tranquila, Yanay esta dentro del negocio.
Ella suspiró aliviada. Yanay les abrió las puertas con lágrimas corriéndole por el rostro.
—¡Ay mi reina, le dijo, que falta me hace!

Francesca le respondió:
—Por eso es que no puedo regañarte.
Entonces miro hacia abajo y vio la alfombra llena de pétalos de rosas color coral, que era su color favorito. Observó que los pétalos se dirigían a la escalera y al lado de la escalera, que

estaba remodelada con barandas de madera barnizada al igual que los escalones, nada parecido a la anterior, habían instalado un elevador que no se veía desde el negocio, en el lugar donde estaba un closet. El elevador estaba muy bonito, de cristal color verde muy claro, parecido a los ojos de ella, con capacidad para una sola persona. Entonces a Francesca se le humedecieron los ojos y le dijo:

—¡Ay, mi rey Americano, que bueno eres conmigo!, Esto es como vivir un cuento de hadas. Tienes un caudal inagotable de atenciones y muestras de amor, nunca pensé que Dios me tuviera destinado tanta felicidad para los últimos años de mi vida. Quién me iba a decir que a los 60 años iba a encontrar la felicidad y me iba a enamorar. ¡Pero como no enamorarme de ti!

Yanay saltó y le dijo:

—Christopher, yo le dije que hoy, yo estaba de más aquí, yo jaraneo mucho pero este es un momento para ustedes dos.

—No Yanay, vamos a brindar los tres por la recuperación de Francesca y si quieres después te vas y disfrutas de un día de descanso, que lo tienes bien merecido.

Francesca estrenó el elevador mientras Christopher y Yanay subían por la escalera, al llegar al apartamento ella se asombró y solamente dijo:

—¡Ah.............! pero, ¿qué has hecho?, ¡qué belleza!, me cambiaste todos los muebles y la decoración, pero ¿que hiciste con mis muebles?

—Se los di todos a Camille.

—Bueno, esa fresca, siempre los quiso.

—Pero, ¿no te gustan estos?

—Por supuesto que me gustan, están bellísimos; ¿y esa cama tan alta?, yo no llego a ella (también la cama estaba llena de pétalos de rosas).

—No te preocupes mi amor, la cama tiene control remoto que

sube, baja y vibra.
—¿Igual que en el tren rápido?
—Un poquito más rápido.

Siguió recorriendo el apartamento y se dio cuenta que él había extendido el apartamento hacia uno de los balcones, esa parte anteriormente era una especie de almacén de telas y accesorios, en lugar de eso había una saleta que incluía un escritorio con computadora para que él pudiera trabajar. En la mesa de centro había un ramo de flores, con un plato que contenía, fresas con chocolate, un pote de caviar y una botella fría de champagne. Francesca dio un suspiro y le dijo:

—No, todavía no, acuérdate, poco a poco y despacito y si me bañaras con champagne, ¡por favor que no este frío!
—No, hoy no voy a estrenar el champagne, ni voy a bañarte con champagne. Yanay los miró y les dijo:
—Pero, ¿ustedes se bañan con champagne?, eso es carísimo, Francesca ¿desde cuando se baña con champagne?

Francesca le dijo que no hiciera preguntas indiscretas, el champagne es una historia muy privada de nosotros dos. En el pasillo hacia el baño habían colocado un cuadro de fotos de todos los lugares que ellos habían visitado juntos y en el centro se destacaba una foto de dos reyes con las caras de ellos dos.

—Christopher, ¿quién hizo todo esto?
—Yo hable con Alain y le dije que contratara una decoradora que trabaja para el hotel y ella se encargó de todo, yo estoy tan sorprendido como tú, porque no pude venir a verlo. Las flores, las fresas, el champagne y el caviar se lo encargué a Yanay. Ahora vamos a brindar por este nuevo renacer. Después del brindis él le pidió a Yanay que se retirara.

—Vete a buscar a tu gendarme que yo me quedo con mi reina.

Yanay se marchó, el fue a la computadora y puso el CD de Lionel Richie, "Hello" y le dijo a Francesca:

—¿Puedes bailar conmigo un poquito y despacito?
—Si, respondió Francesca, un poquito y despacito.

Comenzaron a bailar muy suavemente y el empezó a besarla, primero en la boca, después por el cuello. Entonces le desabrochó la blusa, le quito el sostén y Francesca saltó y le dijo:

—¡Eh!, cuidado, poquito a poquito, mi amor -. Él siguió acariciándole los pechos y besándoselos. Ella seguía diciéndole—oye...suavemente, un poquito nada más—pero siguió quitándole el resto de la ropa mientras bailaban. Ella entonces le acariciaba su cuerpo suavemente. Entonces el le dijo -¡oye!, ¿a esto le llamas tu poquito?

Ella lo desnudó complemente y le pidió que no se excediera, pues tenían que ir con cuidado, pero al mismo tiempo le dijo—un poquito mi amor, un poquito. Entonces la viró de espaldas y acercó el cuerpo de Francesca y lo pego al suyo. Con la mano derecha le acariciaba el seno derecho y con la mano izquierda le iba tocando la zona más erógena de la mujer, al ritmo de la música.

Ella muy bajito le pidió,—mi amorcito, ¿por qué no nos vamos un poquito para la cama que ya me estoy debilitando y así me canso menos que de pie? Así lo hicieron. Se pasaron todo la tarde en el apartamento. Después ordenaron comida china para ellos y para Camille, su esposo y la niña, que habían llegado a la hora de comida. La niña casi descontrola el elevador subiendo y bajando, hasta que Camille se dio cuenta y la requirió.
—mi amor, le vas a romper el elevador a tu abuela.
Se veía mayor compenetración entre Camille y su esposo, las

miradas entre ellos demostraban que ya estaban mas cercanos, Camille con el accidente de la madre había perdido unas 10 lbs. de peso, llevaba su pelo muy bonito y de un color rojizo muy brillante, los ojos se le veían más claros. Mientras Francesca los observaba le dijo a Christopher—mi amor, creo que tu varita mágica funcionó con esta pareja.

Cuando la familia se fue, ella le dijo a Christopher
—Mi amor, tengo algo muy serio que decirte.
—No me asustes, ¿es algo que tiene que ver contigo?
—No es conmigo, no te preocupes, pero, perdóname haberlo callado hasta hoy, te pido por favor que tengas calma, escucha primero y después responde. No te lo dije antes pues no me sentía con fuerzas de causarte un sufrimiento.
—¿Por qué sufrimiento?
—Te pedí que me escucharas y respondieras después.
—Ok, Francesca, vamos al caso ya, no mas rodeos, estoy impaciente.
—Tu hija sufrió un accidente en su vida.
—¿Qué tipo de accidente?
—Por favor mi amor, déjame terminar, y continuo...
—La noche que Milam se quedo conmigo en el hospital me pidió que hablara contigo de su problema, pero que esperara hasta que ella se fuera y yo estuviera mejorada. Ella fue a una discoteca, después del trabajo, con las muchachas de la oficina, y parece que le pusieron una droga en la soda, sin que ella se percatara. El caso es que desapareció del grupo y amaneció en la parte trasera de su carro, sin panty, con la ropa rajada, sucia y violada.
—¿Quién fue el hijo de perra que le hizo esto a mi hija?
—No sabe quien fue, ella no estaba con ningún hombre, no sabe ni como se separó del grupo, pudo haber sido cualquiera, o en el peor de los casos hasta varios.
—Tengo que llamar a Milam ahora mismo.
Ya en ese momento tenía el rostro completamente cambiado,

transformado y se le veía el pecho agitado. Francesca estaba asustada. Ella le dijo:

—Mi amor, hazlo por mi, me tienes mal y todavía no me siento fuerte, llámala mañana, pero déjame terminar, Milam también está delicada, bajo tratamiento médico y psicológico. Hay otra cosa, vas a ser abuelo, tu primer nieto por parte de Milam, es muy duro lo que te estoy diciendo, pero recíbelo como una gracia de Dios, si todos los resultados médicos y psicológicos dan bien, esa criatura va a ser una bendición en nuestras vidas, ojala y sea un varón que herede tu mal carácter y tu dulzura.

—Me pides que me conforme con un nieto de una hija sin saber quien es el padre, mi esposa fue conmigo al altar siendo señorita.

—Sí mi vida, le respondió, pero estas son otras épocas y tu hija tiene 32 años, es una mujer de carrera, lleva los negocios y esto tienes que considerarlo como un accidente, piensa que si tu esposa estuviera aquí estaría al lado de su hija apoyándola. ¿Qué tal si te la hubieran matado? Dale gracias a Dios que está viva y quieras tú o no, yo la voy a apoyar Christopher, estuvo de un lado para otro, tirado en un butacón, llorando y gimiendo como un niño, ella no sabia que hacer para consolarlo. Hasta que le dijo que llamara a su hija si eso lo iba a tranquilizar.

—Francesca, no es la primera vez que lloro y gimo así, también lo hice cuando perdí a mis padres, a mi niña de 12 años y a mi difunta esposa y cuando pensé que tú te estabas muriendo, solo que en esas ocasiones lloré en silencio. Pero igual que compartimos la cama y nuestras vidas, en las buenas y en las malas, ahora comparto mi llanto contigo.

Habló con su hija muy calmado, y le dijo:

—Mi hija, te amo sobre todas las cosas, Francesca me dijo que estamos esperando un nieto producto de un accidente en tu vida. Míralo desde esa perspectiva. Lo que si me duele es que no me lo dijeras a mi, primero que a nadie.

—No se lo dije a nadie, se lo dije a la mujer que tú amas y que ahora en mi vida ocupa un lugar muy importante, casi como una madre, es un ángel que Dios nos ha puesto no solamente a ti si no a todos nosotros en nuestro camino. Si te sirve de consuelo todos los resultados médicos son favorables y si tu nos aceptas a mi y a mi hijo, no necesito psicólogo, con mi padre es suficiente.

CORTA SEPARACIÓN

Christopher se veía precisado a separarse de Francesca por un corto tiempo, tenía que regresar a los Estados Unidos por asuntos de negocios. Antes de irse le explicó que aprovecharía su estancia para tramitar su entrada legal a ese país, ya que deseaba establecerse allí, una vez que ella se recuperara. Quería ir preparando condiciones tanto en su casa, como en la cabaña y en la empresa. Había abandonado todo por más de un mes y pensaba que "cuando el gato se va de la casa los ratones se ponen de fiesta".

Su hijo siempre fue muy responsable, pero no tenía la experiencia que él había adquirido en los negocios. Recordó que la economía mundial estaba en crisis y habían caído mucho las ventas, según le había contado su hijo. Por esto se veía en la necesidad de hacer acto de presencia y "nivelar" todo, incluso haciendo recortes en los gastos hasta que la economía mejorara. Francesca le había comentado que ella también estaba sufriendo pérdidas en el negocio por el problema de la crisis económica, y le reprochaba:
—Por eso muchas veces te he dicho que no gastes tanto dinero, recuerda que ya estamos mayores y dentro de 15 años mas o menos, nos vamos a tener que retirar del todo de los negocios.
—Yo voy para allá y no sé cuándo pueda regresar, tal vez lo resuelva todo en 15 o 30 días, pero a lo mejor un poco más. Quiero contratar los servicios de un abogado de inmigración.

Voy a presentar tu reclamación o trámite como empresaria que es más rápido que la familiar. No pienso abrirte ningún negocio, te quiero conmigo en la empresa para podernos ausentar cada vez que tengamos deseos de salir de viaje. Otra cosa, quiero que consigas una dama de compañía para que te ayude en la casa.

—No mi amor, responde Francesca, yo tengo a Yanay y no voy a incurrir en más gastos. En todo caso traigo a Yanay a vivir conmigo hasta que tú regreses.

Al día siguiente Christopher voló hacia su país. Enseguida que llegó a la casa se comunicó con su hija Milam para que viniera a cenar con él. Al otro día pensaba ver a Richard en el negocio, pero primero prefería tener una conversación a solas con ella. Milam salió enseguida para la casa de su padre, se abrazaron, se dieron besos y ella empezó a llorar, pues se encontraba muy sensible por la maternidad. Christopher estaba muy preocupado por el hecho de que no sabían quien podía ser el padre de la criatura y qué enfermedades, o taras pudiera tener. Milam le dijo:

—Papi, todas las pruebas de laboratorio han venido limpias, no se ha detectado ni Sida, ni otra enfermedad transmisible. A los 4 meses de embarazo me van a hacer la prueba de la aguja, que se introduce por el ombligo hasta llegar al liquido de la bolsa donde esta la criatura y averiguar si presenta alguna anormalidad, en cuyo caso si hay que abortarlo.

Christopher le respondió:

—Dios no lo permita que a los 4 meses haya que pasar por un aborto. Pero dime, ¿qué planes tienes con respecto a la vida como madre soltera?, ¿vas a seguir ejerciendo tu carrera? .

—Claro que si, yo puedo dejar al niño con una nana de las mías e irme a trabajar. No voy a buscar una extraña, pero lo puedo dejar en tu casa, que el servicio es de toda confianza.

—¿Tienes algún pretendiente? No papi, no estoy de ánimo para enamorar a nadie.

—¿No has pensado que necesita un padre?

—No, me basta con el apellido tuyo.

—Debes pensarlo mejor y más adelante puedes cambiar de idea.

Al llegar a la empresa después de abrazar a su hijo, convocó a una reunión relámpago donde habló con todos los empleados del momento económico crítico por el que estaba atravesando el país. Allí les planteó lo siguiente:

—No me queda más remedio que tomar medidas para no tener que dejar a nadie cesante. Todos tenemos necesidades y por lo tanto, el que no pueda subsistir con los recortes que voy a establecer puede conseguir otro lugar, pero yo les aseguro que en cuanto se restablezca el país todo volverá a la normalidad. Por el momento tengo que recortar las horas de 40 a 32 a le semana. No se podrán hacer horas extras de trabajo y los bonos anuales quedan suspendidos por el momento. Estoy gestionando un seguro con HMO para la empresa, en lugar del llamado PPO que es mucho mas caro, pero no los voy a dejar sin seguro médico. De aquí en adelante no se puede perder un solo cliente. Los clientes majaderos o no, nos pagan la comida y hay que atenderlos como reyes. Esto que yo les estoy informando se esta enviando a todos los centros nuestros y los empleados van a recibir una circular con estas mismas orientaciones.

Ante todo Christopher priorizó los tramites de Francesca, Camille y su familia, recurriendo a los permisos autorizados a los europeos a venir a los Estados Unidos por un término de dos años, entrando y saliendo por intervalos de tiempo. Esta autorización se llama "ESTA".

Así se lo explicó a Francesca:

—Ya apliqué para ti, Camille, Alain y la niña. Tendré las visas en 72 horas, así que empieza a visitar a tus médicos para el alta y organízate con Yanay en el negocio, te quiero aquí conmigo enseguida. El amor de distancia no me interesa. y después si nos tenemos que casar empezaremos esos tramites.

—Sí señor, ya sé que usted es el que toma las decisiones en la familia, usted es cabeza y no cola, me retumban esas palabras en mis sienes, ya se que no puedo decidir nada, pero con una condición, que el recibimiento tiene ser con champagne, frío y caliente, fresas con chocolate, muchas rosas y bien cargado de energia.

—Francesca, ¿con quién tú te estas codeando en Francia? dijo Chris.
__ Basta con lo que tengo al lado, pues con tus ordenes y especificaciones, Yanay no me deja de vigilar por si uso las escaleras, elevador todo el tiempo, pues dice que esa es su obligación. Aunque no lo creas estos 40 días que han pasado, que los tengo marcados en el almanaque, ya me tienen muy triste y ansiosa, ni sueño tengo, o tu vienes o yo voy ya. En siete días estoy allá, ya renové el pasaporte y los médicos todos me han dado el alta, se acabó el poco a poco. Camille viene para acá en unos días, ya tienen el dinero del pasaje para el viaje que tu los invitaste. ¡Se te va a llenar la casa de franceses!
—¡Qué rico!, contesta él.
—Yo quiero ver a tu hija y abrazarla. Hablar con ella de su embarazo, ya va a cumplir cuatro meses y quiero estar con ella el día de la prueba. Entre tanto, Yanay trataba de unir a Milam y a Pierre, su hermano que le pedia ayuda con eso pero no había progreso. El muchacho se desesperaba pues no la quería perder y estaba buscando un permiso o visa temporal a través de un amigo francés que residía en los Estados Unidos. Al fin llegó a Maryland sin previo aviso, y se hospedó en un Holiday Inn, cerca del bufete de Milam.

El día amaneció lluvioso y Milam se tiró de la cama pensando:—si estoy viviendo por mi hijo, es muy lindo sentimiento, pero mi vida como mujer esta paralizada, ni siento ni padezco. Estoy muerta por dentro. ¿Cuándo saldré de este calvario?— Pierre también amaneció bajo el mismo cielo y montó la guardia frente al negocio de Milam, desde temprano. Él esperaba dentro del edificio cerca del elevador pues imaginaba que tenía que pasar por allí para ir a la oficina. Antes de venir estuvo un mes con el profesor de ingles practicando el piropo que iba a decirle. Cuando ella pasó, la siguió. Cuando ya estaba cerca de ella le dijo:

—¡Que barriguita más linda tiene esa rubia bella.
Ella se da cuenta que el inglés no es perfecto y mira de lado. Pero no lo reconoce y piensa, ¿y éste quién es? y sigue caminando. En ese momento él le dice:
—Milam soy yo, Pierre, el hermano de Yanay.

Ella se paró de golpe y le preguntó que hacía allí.

—Es que vengo rastreando el olor de tu perfume desde Francia, porque estoy dispuesto a casarme contigo.
—Pero, ¿no te das cuenta de mi situación y mi embarazo?
—Habla despacio, por favor, para poderte entender. Por favor no trabajes hoy, dedícame un solo día para poderte hablar y explicarte lo que yo quisiera de ti.
—Yo tengo algunas personas citadas y clientes esperándome.
—Pon una excusa, que te sientes mal o tienes problemas con el carro.
—Eres bastante insistente e impulsivo (para sus adentros ella pensaba, a pesar de eso me gusta).

Pierre le dijo que tenía un traductor de francés que funciona al aire libre y que también tenía un sistema muy moderno de traducción de idiomas, pues él era programador de computadoras. A lo que ella contesto:

—Yo también tengo un programa de traducción en mi portafolio para comunicarme con los clientes extranjeros.

Se sentaron en la cafetería y pidieron sodas y unos picaditos. Ella sin rodeos lo abordó así:

—Dime claro ¿qué es lo que buscas en mi?
—Yo solo busco tu cariño, estoy enamorado de tu físico, y quisiera ser el dueño de tu persona y también de lo que traes en tu vientre.
—¿Tú has medido el alcance de tus palabras?
—Por lo menos, lo he repetido muchos veces para aprendérmelo y podértelo decir.
—¿Cuál es tu plan, una visa, para quedarte en este país con una tarjeta verde o mi standard de vida?
—Ni me interesa tu dinero, ni me interesa el "green card". Si quieres te vas conmigo para Francia y vives modestamente, con un técnico de computadoras.
—Pierre, tengo que ir a trabajar, no puedo demorarme más. Aquí tienes la dirección de mi casa, donde vivo con mi padre. Te invito a cenar esta noche.

Él se acercó y trató de besarla en la mejilla, pero ella se echó hacia atrás, le dio la mano y le dijo—nos vemos esta noche .

Inmediatamente que se separaron el llamó al negocio del padre y consiguió la dirección. Preguntó si Christopher estaba en el negocio y le contestaron afirmativamente. Entonces colgó rápidamente el auricular y tomó un taxi para allá. Se presentó en el negocio y pidió ver a Christopher. Cuando éste lo recibió, le recordó que el era el hermano de Yanay, Christopher le dio un abrazo y le dijo:

—¡Qué bueno verte!, Yanay me ha hablado mucho de ti y yo le estoy inmensamente agradecido a ella, y tú ¿qué haces aquí?

—He venido a verlo a usted.

—¡Qué bien!, y ¿en qué puedo servirte?

—Yo sé que usted no me entiende muy bien y yo a usted tampoco, pero yo amo a su hija.

—¿De dónde conoces a mi hija?

—Del hospital donde estaba ingresada Francesca, compartí algunas veces con mi hermana y ella. Milam me ha hechizado, no dejo de pensar en ella y hasta estoy tomando clases de inglés intensivo para poder enamorarla. Esta noche estoy invitado por ella a cenar en su casa y quiero pedirle a usted el consentimiento para casarme con ella y reconocer a su hijo como mío. No me interesa ni su posición, ni el "green card".

—Esta bien, nos vemos esta noche o ¿te quedas aquí conmigo?

—No gracias, tengo un amigo que me va a recoger para ir a ver su tienda de computadoras, porque yo soy programador de computadoras y mi amigo me reclamó con una visa de negocios.

—Qué bien, aquí siempre las computadoras están dando problemas.

Llegó la hora de la cena, ella lo había citado para las 7 de la noche y eran pasadas las 7:15 y estaba inquieta porque no llegaba. El padre la observaba de arriba a abajo.

—¿Qué pasa que la mesa no esta puesta? Yo le dije a la sirvienta que nos sirva más tarde. ¿Y con quién contaron?, yo no soy una foto puesta en la pared, por favor, pide que nos sirvan.

—Papá, por favor, espera unos minutos que hoy tengo una persona que invité. ¿Y quien es? ¿es una amiga tuya? No papá, invité a un amigo.

—Hey, y ¿quién es ese amiguito?

—Pierre, el hermano de Yanay.

—Ah…Pierre, y ¿qué hace Pierre aquí y cómo te comunicaste con el?

—No papá, él me buscó y se comunicó conmigo y para no encontrarme con él en la calle, lo invité a cenar con nosotros.

—Bueno, explícame, ¿es un pretendiente?

—No lo sé papá, y no estoy en condiciones para mantener una relación.

—Hija, ¿te gusta?

—No papá, no sé.

—Te hice una pregunta, respóndemela.

—Es muy atractivo y se ve inteligente y luchador.

—¿Y qué es lo que él busca?, tu eres bella, inteligente y buena, pero ¿tú sabes si le interesa algo mas?

—Ya yo le pregunté y lo único que le interesa soy yo.

En ese momento se oyó el timbre de la puerta y la sirvienta se dispuso a abrir como de costumbre.

—Espera Guadalupe, no vayas tú, le abro yo.

La sirvienta dijo entonces:

—¡Qué acontecimiento!, la niña está interesada en la visita. Ya la tuve metida en la cocina, dando órdenes, bueno, creo que "este huevito quiere sal", ¿no cree usted Don Christopher?

—Yo creo que estás en lo cierto Guadalupe.

Cuando Milam iba hacia la puerta su padre observó que sus pasos eran inseguros y le temblaban las manos. Para sus adentros pensó, a lo mejor éste es otro ángel que nos cayó del cielo. Ella al fin abrió la puerta y Pierre cuando la vio dio un traspiés en el quicio de la entrada, que ella tuvo que aguantarlo y casi se le cae un ramo gigante de rosas rojas que traía para Milam.

—Qué pena, mi amigo se perdió. Estoy retrasado.

—¡Pasa adelante!

Estaba admirando las esculturas y las columnas de mármol italiano y una alfombra persa que tenían que cargarla entre seis hombres preguntó por Christopher y la sirvienta lo dirigió y corrió a poner la mesa como Milam quería. Iba pensando quien querría dos cuchillos y dos tenedores Pierre en lugar de darle las rosas a Milam se las entregó al padre.

Christopher le dijo:

—No, no, a mi no, a ella. "I am sorry, nervous".

—Milam estas rosas son para ti. Ella las tomó y le dijo:

—¡Muchas gracias!, que lindas, pero siempre pensé que eran mías.

Pierre, acompáñanos a la terraza antes de la cena. La sirvienta trajo una botella de champagne y quesitos. Le preguntaron por Yanay y por Francesca y por su familia, si la habían visitado. Entonces Christopher les quiso facilitar la conversación, y le dijo:

—Milam yo sé que Pierre está aquí para pedirme permiso para tener una relación contigo.

—¿Cómo tu sabes eso? Te diré que él estuvo temprano en la empresa y conversamos sobre ti.

Christopher les dice que las mujeres están en peligro de extinguirse, que a él le gustan las mujeres que quieren ser princesas, con buenos modales, que tienen moral y son honradas, y hombres que son caballerosos con las damas. Las mujeres que luchan cada día por ser más mujeres y que no compiten con los hombres. Que con la liberación femenina algunas quisieron hacer lo mismo que los hombres: beber en barras, practicar el amor libre para competir con los hombres y entonces se degradaron y están sujetas al abuso de los hombres y no podemos distinguir entre una dama y un caballero. Se visten con pantalones, camisas a cuadros, cintos anchos y un par de botas. Esa forma de vida las confunde.

Me gustan las mujeres que no quieren convertirse en hombres, que quieren estudiar en una universidad para obtener un título, mujeres que no busquen hombres por interés, si no que busquen un hombre para amarlo y hacerlo feliz. Esa fue la vida que la madre de Milam y yo vivimos y esa es la vida que quiero para Francesca y para mi y para mi hija. Estas son las reglas a seguir para aceptarte como candidato para mi hija.

Señor, yo no he venido tan lejos para enamorar a su hija y perder el tiempo. Yo he dejado muchas mujeres bonitas en Francia, de buena posición económica, pero no me llenan, porque Milam me hechizó con su mirada baja desde el día que la conocí. Eso que usted vivió como un hombre conservador que es, es lo que yo también viví al lado de su hija. En eso sonó una campanita para avisar que la mesa estaba lista para la cena. Guadalupe esta llamando, por cierto la que dirigió la cena y la mesa fue Milam, cosa que no practica jamás, debe haberlo visto en un libro.

—¿No se ocurre nada mejor papá?

—Que acabes de colocar las rosas en un búcaro para podernos sentar a comer.

Estuvieron callados en la mesa, meditando todo lo que se había planteado.

Guadalupe pensaba:—O la comida estaba buena o Pierre tenía hambre porque limpió el plato y a cada rato menciona que había escogido una comida muy sabrosa -. Después, le sirvió el café de costumbre a Christopher. Le ofreció pie de manzana con helado a los jóvenes que era lo que mas toleraba Milam y los muchachos comieron postres.

Después de los postres se quedaron conversando en la mesa y el padre le dijo a Pierre, que el sabía que había venido como turista, pero ¿cuáles son tus planes inmediatos?, ¿deseas quedarte en los Estados Unidos o piensas regresar a Francia? a lo que él contestó:

—Yo soy francés y me siento mas cómodo en Francia, mi profesión allá esta ya establecida, aquí el idioma me seria complicado, es como comenzar de nuevo y ya yo estoy encauzado, pero si Milam me acepta y no quiere ir a vivir a Francia ya tendré que pensar que sería lo mejor para los dos.

Christopher contestó:

—Yo nunca aceptaría que mi hija se separara de mi lado, yo voy a traer a Francesca para acá con su familia, poco a poco, si quieres traigo a Yanay, pero mi hija es mi vida y mi tesoro.

Pierre le explicó:

—Yo no vengo a perturbar la tranquilidad de esta familia, mi intención es que ella sea mi amada y yo sea amado por ella, si tiene que ser aquí, aquí será, ¿que piensas de todo esto Milam?

Milam, extrañada de cómo manejaban su vida, sin contar con ella, les dijo:

—Qué lindos planes tienen los dos, estoy anonadada de ver como planifican mi futuro como si yo fuera un adorno de lujo o un cuadro famoso en la pared, tengo treinta y dos años y un hijo en el camino, ¿no creen que yo soy suficientemente madura como para decidir mi destino?

Pierre le contestó:

—Lo primero que te dije es que ese hijo sería mío y que estoy dispuesto a darle mi apellido y que nazca en un hogar con madre y padre. Mi madre se llamaba Ángela y si me aceptas y traes una niña, ¿qué nombre le pondrías?

—Yo hice una promesa en la capilla del hospital ante la Virgen, que si era niña le pondría Maríe por la Virgen

—¿No te gustaría mejor ponerle Maria de los Ángeles?

—No sé, me gustaría también ponerle el nombre de mi madre después de María, pero creo que no pega ¿qué tú opinas papá?

—No opino nada, ustedes todavía ni siquiera se han dado un beso y ya están haciendo planes con el hijo. Dejen eso para el final y hagan sus propios planes. De entrada Pierre tiene que tramitar los papeles de inmigración que no son de un día para otro. Tendrá que regresar a Francia y se volverán a separar. Ese sería un buen momento para que piensen bien las cosas.

—Perdóneme Christopher, pero si ella desea ir conmigo una temporada a Francia en lo que se resuelven los papeles, yo me caso antes de irme y me la llevo hasta que podamos regresar.

—Eso ni pensarlo, ella no va para ninguna parte en las condiciones que está. Usted lo primero que dijo es que no quería venir a perturbar la tranquilidad de esta familia. No me gusta el giro que esta tomando en sus decisiones, usted y yo vamos a tener algunos problemas. Milam le dijo entonces:

—Pierre, yo quiero que mi hijo nazca en los Estados Unidos, por favor vamos a tratarnos este tiempo que vas a estar ahora aqui y tomemos un espacio para pensar bien las cosas, conversemos, vamos a conocernos mejor y cuando nos conozcamos bien los dos tomamos una decisión.

CAPITULO XVI
Llegada de Francesca

Pasaron los días y llegó Francesca. Christopher la esperó en el aeropuerto con sus hijos y un cartelito que decía "Bienvenida a los Estados Unidos" y un ramo de flores. Milam se le abrazó y le dijo, lo linda que se vía ahora que no estaba en el hospital, y pensó, razón tenía mi padre. Richard la miró con recelo, pensando en su madre. El padre, que se dio cuenta, le preguntó
—¿No vas a saludar a la señora?

Christopher le tuvo que servir de intérprete para que ella se comunicara con sus hijos, del español al inglés. Richard respondió
—Sí, por supuesto, ¿cómo está señora?
—Me siento muy bien gracias, y te diré que te pareces mucho a tu padre.

Él le respondió con un breve
—Gracias -.
Christopher la acompañó a recoger su equipaje y salieron todos del aeropuerto directamente para la casa de Christopher.
Al llegar Francesca se paró frente a la residencia y exclamó:
—¡Qué casa más linda, parece un palacio!
—¡Deja que la veas por dentro!, le dice Christopher.

Al entrar, Francesca lo observa todo, los muebles, los adornos y una foto de su esposa. Tomó las flores que el le había llevado al aeropuerto, las colocó debajo del cuadro y le pidió un búcaro para ponérselas a ella. Entonces Richard se dirigió a ella y le dijo:

—¡Muchas gracias señora por ese gesto tan gentil!, ¿le puedo dar un beso en la mejilla

—¡Por supuesto!, ya estaba extrañándolo, pronto pasarás a ser como un hijo para mí.

Richard se sintió fuera de lugar por la actitud que había tenido en el aeropuerto. Franceca le pidió a Christopher que la llevara a caminar por los alrededores, pues estaba como "encogida" después de pasar tantas horas en el avión.

—¿Quieres tomar o comer algo?

—Yo quiero un café americano como tú me acostumbraste a tomar en Francia

—No me digas eso, yo he comprado "cafelatte", especialmente para ti y tu quieres café americano, hay que ver, con las mujeres nunca se da en el blanco.

—Está bien, dame el café francés.

—Papi, ¿vamos a cenar aquí en la casa?

—Si Milam, vamos a reunir a toda la familia en la cena de hoy.

—¿Podemos invitar a Pierre papa?

—Recuerda que no me gustó la sugerencia que hizo él de casarse y llevarte para Francia, si lo invitas, que no toque el tema.

—Papá, jamás te voy a abandonar, ni por Pierre ni por nadie, pero tienes que darme una oportunidad.

—¿De qué Pierre hablan? preguntó Francesca.

—Del hermano de Yanay.

—¿Pero cómo pasó eso?, ella no me dijo nada de esto, pero que conste yo tengo una buena opinión de ese chico. Richard preguntó:

—¿Y quién es ese Pierre?

—Hijo, es el hombre que estuvo ayer en el negocio.

—¿El muchacho trigueño, del pullovito apretado, que se cree fuertecito?

—Oye mi hermano, él no se lo cree, él lo está.

—Ahora si estamos completos, la madrastra francesa y el cuñado francés, me parece que para esta familia es peligroso viajar
a Francia.

—Richard, por favor, no me llames madrastra, o me dices Francesca o la novia de mi papa, yo soy muy franca, pregúntale a tu
padre.

—No quise molestarte Francesca.

—No estoy enfadada, solamente lo aclaro pues me parece una
palabra muy distante y yo deseo llegar a quererlos como a mis
hijas.

—Gracias señora, no, señora no, Francesca.

Milam corre al teléfono para invitar a Pierre.

—Quiero si puedes, que estés aquí en un par de de horas. Llegó
Francesca de Francia y vamos a tener una cena en familia.

—No me pierdo esa cena por nada del mundo. Ni la cena ni a ti.

—Pierre ponte una camisa normal, no te pongas pull-over, después la gente se cree que te haces el fuerte.

Al caer la noche, cenaron y conversaron en familia. Pierre estaba muy elocuente porque Francesca le servía de intérprete.
Después Richard se despidió y se marchó. Milam acompañó a
Pierre hasta la puerta. El padre miraba la situación desde una
distancia y entonces vio como cerraron la puerta y salieron al
jardín. Francesca le pregunto que si no tenia deseos de ir a descansar, pero le respondió

—No, todavía no, yo veo una serie todas las noches y ya casi se
esta terminando, se despidieron y se fueron a la cama.

Christopher miraba para la puerta y Milam no acababa de entrar. Entonces Francesca le preguntó:

—¿Esperas a alguien más?

—No, es que Milam no acaba de entrar.

—Tu hija no es una niña, lo que te pasa es que tienes miedo que
te la conquisten, porque "al gato no le gusta que lo arañen".

Estuvieron más de 20 minutos esperando, terminó la serie y

entró Milam bastante risueña. Christopher le pidió a la sirvienta que se fuera a descansar, que él iba a hacer lo mismo. Francesca se interesó por saber acerca de ella.

—Y esta señora que trabaja como empleada en la casa ¿Lleva mucho tiempo con ustedes?

—Desde que nació. Mi madre las recogió, a su madre y a ella, recién abandonadas, sin familia y ella se ha criado con nosotros desde entonces".

—¡Qué bien!

Cuando llegaron al cuarto, ella se dirigió a la cama y comenzó a decirle que el colchón se veía muy cómodo y la habitación y el baño muy bonitos. Él le pidió que se pusiera cómoda. Entonces ella se dirigio al baño y al tocador y se puso en desavillé blanco transparente. Él se le quedó mirando y le tiro un chiflido y la piropeó. Estaba sentado en la cama en ropa interior, esperándola, entonces ella se le sentó en sus piernas y le pregunto:

—¿Cómo me ves mi amor?

—Bella, deslumbrante, encantadora como siempre.

Ella le tomó la cabeza y se la acercó al oído, diciéndole:

—Dime una frase de esas lindas como las que me decías en Francia.

—Tú eres como el idioma francés, no lo entiendo, pero me gustas y mucho.

—Otra más, mi amor.

—Mis labios tienen una cita de amor con los tuyos, ¿puede ser?

—¡Sí mi amor!, y lo tiró contra la cama de espaldas. Dejémonos de rodeos que hace meses que no estamos juntos.

Comenzaron a besarse, el le mordió la nuca suavemente y ella sintió algo diferente y sensual. Él le preguntó qué número de la lotto te gustaba. Y ella le respondió extrañada:

—¿A qué se debe esa pregunta?

—Porque yo creo que deberíamos jugar un juego de dos números.

—¿Y cómo se juega?

—Ahora te lo enseño en la cama.

Cuando terminaron de jugar, él le preguntó si le había gustado el juego, a lo que ella respondió:

—¡Me encantó, ya me gané la lotería!

—Esto es un aperitivo, ¿verdad?

—Bueno, si tú lo dices, estoy preparando la cena.

Así se pasaron un par de horas, hasta que se quedaron rendidos. Había sido un día intenso, lleno de emociones.

Cuando amaneció ya Guadalupe les tenía puesto en la mesa, un desayuno completo para los tres. Milam les dio besos a ambos y se despidió.

—Se me hace tarde, tengo una cita.

—Hija, maneja con cuidado que estás embarazada.

—Por cierto papi, discúlpenme, pero no me esperen para la cena, Francesca. disfruta mucho estas vacaciones y al "super senior", y salió riéndose.

—Bueno mi amor, tengo que ir hasta la empresa, ¿te quieres quedar o vienes conmigo?

—Me voy contigo, dame un ratico para vestirme.

—¡No te demores mucho!

Llegaron a la empresa y él la presentó a todos los trabajadores como su novia. Le dijo a ella que todos eran una gran familia. Cuando se reunió con Richard le dijo:—Quiero decirte algo, con esta la situación económica no creo que hagamos dinero, solamente podemos mantener la empresa y pagar los gastos. Ahora nos vamos por unos días de vacaciones. Cuida de tu hermana que la veo un poco ligerita, nos vemos pronto.

Capitulo XVII
Vacaciones por los Estados Unidos

Según iban avanzando por la carretera hacia la cabaña, Francesca iba admirando el paisaje, se destacaban las hojas secas del otoño en toda una gama de colores, entre los que figuraban el marrón, el rojo, el amarillo y otros colores indefinidos. También admiraba los animalitos que se veían en la distancia como los venados, las ardillas, los conejos salvajes, y los pájaros multicolores y le llamo mucho la atención un águila con el cuello blanco.

Christopher para el carro y le dice: — ¡mira aquello, es un águila imperial!. Desde joven admiro estas aves, deben ser oriundas de esta zona. -¡Qué bella es! -, agregó ella.
Al llegar a la cabaña, entraron y lo vieron todo regado. El refrigerador olía a animal muerto, todo cubierto de polvo. Francesca exhaló un suspiro y se sentó en una butaca a mirar, pensando por donde empezaba.
—Christopher, ocúpate tú del refrigerador, que me da nauseas ese olor tan desagradable.
—No te preocupes que enseguida conecto la planta, es que aquí el sistema eléctrico no llega, ni el agua potable tampoco.
—¿Y entonces, con qué cocino?
—No te preocupes Francesca que he traído bastantes abastecimientos para que sobre.
Ella comenzó a recoger y a barrer. Entonces se fijó en un disco hecho pedazos, que había al lado del tocadiscos. Tomó los

pedazos y se puso a unirlos. Se dio cuenta que era un disco de Raphael llamado "Francesca", y le pregunto a Christopher:

—Mi amor, ¿tú me puedes explicar qué le pasó a este disco?

—¿El que se llama Francesca?

—¿Eso es motivo para pisotearlo?

—En aquel momento en que lo oí por casualidad, si tenía motivos. Hasta lo hubiera mordido de rabia si hubiese podido.

Siguieron limpiando los dos, él no quería que ella se esforzara mucho. Al poco rato ella le dijo que tenia hambre. A lo que él respondió:

—Bueno, pero antes vamos a darnos una ducha y después comemos algo, que traje muchos comestibles enlatados.

Llegaron a la ducha y él muy amablemente le dijo:

—Tú primero, para que tengas el agua más caliente, yo estoy acostumbrado a bañarme en agua fría, pero pensándolo bien, mejor nos bañamos juntos y así recibo el calor por partida doble.

Cuando entró en la ducha con ella tiró disimuladamente el jabón al piso, diciéndole:

—Francesca, dejaste caer el jabón.

—¡Ah, sí!, ¿y tù piensas que yo voy a recogerlo?, ha..ya me has cogido de boba muchas veces, pero ya te conozco, agáchate tú.

—No hay problema, yo me puedo agachar.

—Si, tú si puedes, pero yo no, porque no quiero perder la otra virginidad.

Cuando Francesca salió del baño, desnuda, él la secó y le ofreció un delantal para que se vistiera…

—¿Pero qué ropa es esta? Déjame buscar mi ropa y me pongo el delantal encima.

—¡No, no, no! Quédate así con el delantal solamente, no hace falta más ropa, así estás bellísima.

Finalmente se fue para la cocina vestida solo con el delantal. Cuando estaba cocinando él se le pegó por detrás, ella se viró y le dijo:

—¡O cocino o jugamos!, mira que tengo el cucharón en la mano para defenderme.

—Tú sigue cocinando que yo te doy cariño.

—No puedo mi amor, o hago una cosa u otra, estoy muerta de hambre y me tengo que tomar las pastillas del tratamiento...ve y corta las verduras para que me ayudes.

—Yo no puedo cortar verduras y verte desnuda, capaz que me corte un dedo.

—Entonces ve y vístete.

—En camino a buscar ropa para Francesca, ella iba diciéndole a Christopher, nunca había visto esto en la vida cotidiana de una pareja, parece una película o una novela picaresca, ¿esto será siempre así o es solamente una etapa?

Entonces el le contestó:

—Nunca dudes de mi amor y mi pasión, yo todos los días me renuevo como hombre estando ante ti.

La cena a pesar de ser hecha con conservas quedo muy rica y brindaron con un buen vino australiano. Cayó la noche y salieron a sentarse en un banco en el jardín. Se veía el cielo estrellado muy lindo y las luciérnagas revoleteando alrededor de Francesca. Ella las cazaba pues le llamaban mucho la atención, no las veía desde niña. Mirando a su alrededor, se alejó un poco del banco, y en ese momento vio un oso parado cerca de ella. El grito fue tan fuerte que el oso se asusto más que ella y se espantó. Se echó a correr, y casi se cae.

—¿Qué te pasa Francesca?

Las palabras no le salían, solamente gritaba,

—¡Entra para la cabaña y cierra! Después te digo.

—¿Qué pasó, viste al diablo?

—¡Ay, ay, peor que eso!, tenia un oso al lado mío.

—¿Eso era? Eso aquí pasa todos los días, los osos, los venados y las serpientes corriéndote por los pies.

—¿Por los pies?, pues yo no salgo más de aquí. ¿Y también hay ranas?

—No, ranas no, lo que hay son sapos toros grandes, que se comen. ¿Cocinamos uno mañana?

—¿Estás loco? Me parece que estas vacaciones serán dentro de la cabaña y bien vestida, ¿por aquí no hay nadie que me auxilie?

—¿Qué te auxilie de quien? ¿de mí? Yo que te cuido como una flor.

—Si, como a una flor que se riega todo el tiempo con la regadera humana y con abono.

—Vamos a oír música y descansar, me preocupa que has tenido un día fuerte, ¿ya te tomaste tus pastillas?, vamos a descansar abrazados, que eso también se disfruta.

Durante toda la noche hubo un oso dándole vueltas a la cabaña y ella no durmió del ruido que hacía, pasó la noche sentada en la cama, mirando por las ventanas, hasta que al fin despertó a Christopher para preguntarle si las ventanas estaban seguras. Ella le contó que se veían unos ojos rojos en la maleza. El tranquilamente le dijo,

—¡Ah, eso son los lobos!

—¿También hay lobos?, mejor hubiéramos ido al África.

Entonces él se levantó de la cama y fue en busca de una escopeta.

—¿A dónde vas? No vayas a matar ningún animal, que me da dolor.

—No, solo voy a tirar dos tiros al aire para espantarlos, yo no mato animales.

Durmieron tarde, hasta las 9:00, a esa hora Francesca dio un salto en la cama porque sintió pasos hacia la puerta.

—Francesca no salgas en ropa interior que tenemos una visita.

—¿Visita?, ¿ a esta hora?

—Es el sheriff, que da vueltas por las cabañas.

Al fin se vistieron y Christopher le presentó al sheriff, quien le dijo que lo conocía desde hacía muchos años. Ella les brindo café y el sheriff le dijo que a eso mismo venia, a tomar café y a invitar a Christopher para ir a pescar. Ella inmediatamente saltó:

—¿Y tu pienses dejarme sola aquí? Ni te lo imagines, yo me

voy a pescar con ustedes.

El sheriff no entendía muy bien el inglés de ella y le preguntó de donde era Francesca, él le respondió que era francesa. Luego volvió a preguntar:

—Christopher, y ella ¿quién es?

—Es mi futura esposa.

—Muy bonita señora, tiene un color de ojos muy lindo.

—¡Oye, oye, no te metas con mi mujer!

—¡Caramba, que puedo ser tu hermano!

—Hablando de mujeres, ¿cómo está tu esposa?

—Encantada, llena de nietos saltando por toda la casa, después que pesquemos, vamos a comer los pescados allá y así tu futura esposa conoce a la mía.

Francesca nunca había ido de pesca y estaba muy emocionada pero si cogía alguno, lo devolvía al agua, no dejaba que murieran.

Cuando llegaron a la casa del sheriff, y vio un pernil pregunto:

—¿Y esto, qué cosa es?.

—Francesca, tu no decías que estábamos en África, no preguntes y come.

—Yo mejor como pescado.

Las dos mujeres simpatizaron mucho, estuvieron conversando por largo rato, pero habían ciertos intervalos en los que Christopher tenia que servir de interprete porque ellas no se entendían. Como a las cuatro de la tarde Francesca comenzó a tocar a Christopher por debajo de la mesa, diciéndole bajito,

—Vamos, ya ahorita es de noche y hay que caminar mucho. Tú no quisiste traer la camioneta y no quieres que nos lleve el sheriff. Yo quiero saber si tu me trajiste para restablecerme o deshacerte de mi. Me va a comer un lobo o un oso, ¿y si me pica una serpiente?

—¿Qué te crees que esto Francesca, aquí viven alrededor de 400 familias y ninguna ha aparecido comida por nada. Déjate de boberías.

—¡Por favor sheriff, convénzalo y llévenos, que yo estoy convaleciente de un accidente.

Entonces el sheriff le dijo a él:

—Mira Christopher, los voy a llevar porque se aproxima un mal tiempo.

Llegando a la cabaña comenzó a llover.—¡Muchas gracias, Sr. Sheriff!

—No se preocupe, mañana doy otra vueltecita por aquí. Christopher ten cuidado con los tiros de noche, que vas a asustar a los vecinos, yo sabia que habías llegado, pues siempre haces eso.

—!Ok, sheriff, no me multe!

—A ti no se te puede coger ni una multa.

Ella se dirigió hacia el baño para darse una ducha y él le dijo que el agua que estaba rica era la que caía de la canal. Le preguntó, si ella nunca se había bañado desnuda debajo de un aguacero, le aseguró que eso era lo más rico que había, y la invitó a ir para afuera.

—¿Y las ranas y las serpientes?

—Yo me bañé en Cuba, cuando era pequeño, un par de veces. Al llegar el mes de mayo, cuando caía el primer aguacero, mi mama me empujaba para la calle, y me decía:—A bañarse, que eso es bueno para la salud.—Recuerdo que agarre un catarro en uno de esos baño. Así la convenció y se baño bajo la lluvia. Después de bañarse se tiraron en la cama. Las gotas de agua caían con fuerza contra el zinc del techo de la terraza. Él se viró para ella y le preguntó:

—¿Has hecho el amor alguna vez debajo de un techo de zinc, con la música que hacen las gotas de agua contra el zinc, hacen una sinfonía de "tiqui, tiqui, taca, tiqui, tiqui, taca". Las gotas ponen la música y nosotros danzamos en la cama al ritmo del "tiqui, taca".

—¿Ahora se llama "tiqui, tiqui, taca"?

Estaban abrazándose, cuando cayó un rayo de un árbol cerca de la cabaña, hubo una explosión que iluminó todo el cielo. Ella se asustó y él la tranquilizó, diciéndole que no se preocupara que eso era normal allí, y que era bueno porque espantaba a todas las bestias de la Cabaña.

—¿También esta bestia tuya, está espantada?

A pesar del espanto siguieron al ritmo del "tiqui, taca" por un rato. Después se quedaron dormidos.

Al amanecer, ella se sentó otra vez de golpe, en la cama, pues oyó un ruido fuerte, afuera de la cabaña. Inmediatamente comenzó a llamar a Christopher y él no respondía. No pudo más y se puso a mirar por la ventana, entonces lo vio subido en un tractor, podando el césped. Ella se levantó rápido, se acicaló un poquito, se refrescó y se vistió. Le preparó huevos revueltos, tostadas, coffee americano y jugo de naranja.

Ya Christopher estaba ansioso pues no sabia nada de Milam y su nueva relación con el francés, ni de cómo iban los negocios. Quería hablar con su hijo. Después del desayuno le pidió a Francesca que recogiera todo pues quería salir de allí para llevarla a otros estados y poder comunicarse con las dos familias. Ella asintió pero a la vez sintió un poquito de dolor, al tener que dejar la cabaña tan rápido. Con osos o sin osos, ese fue el primer hogar que compartió libremente con él.

También allí había experimentado cosas nuevas en su vida, fueron de pesca, vio lobos, bestias de todo tipo, una naturaleza muy bella, y a pesar de las bestias salvajes compartimos momentos muy felices. Cuando él entró la vio un poco melancólica y le preguntó:

—¿Te sientes mal?

—Sí y no, es un malestar diferente, nunca voy a olvidar esta cabaña y todo lo que he vivido en ella.

—Bueno, vamos a apagar la planta, vamos a recoger lo del refrigerador y dejárselo al sheriff en camino. Abrígate pues nos vamos para otros estados muy fríos.

—¡Hasta al sheriff y a su familia voy a extrañar!

PASEO POR NUEVA YORK Y LAS CATARATAS DEL NIAGARA

En el camino de Maryland a New York fuimos pasando por

distintos pueblos de los Estados Unidos, trayecto que disfrutamos mucho. Finalmente habíamos llegado a New York, tres días después nos sentamos a conversar, y yo le pregunte:

—Dime Francesca, ¿que ha sido lo que más te ha impresionado de Nueva York en estos días que hemos estado aquí?

—Me gustó mucho la Estatua de la Libertad, sobre todo porque mi país la donó, para que representara la libertad de todos los emigrantes del mundo, a quienes este país les dio acogida. Me gustó mucho Times Square, el Empire State Building, y sentí una gran pena por la caída de las Torres Gemelas, por cierto,—¿es verdad que van a construir dos más grandes que las anteriores?—Además, me impresionó mucho el Museo de Ciencias, y por último, me encantó el Parque Central y las tiendas de la Quinta Avenida.

—Bueno, ahora como tú sabes, ya estamos en camino para las Cataratas del Niagara.

—¡Qué paisajes mas bellos!, la naturaleza en otoño, con todo su esplendor, las montañas a los lados del camino, ¡qué viaje mas lindo!

Llegamos a la ciudad de Buffalo y nos hospedamos en un gran hotel. Terminamos cansados y extenuados de todo el viaje por carretera. Al amanecer partimos para las cataratas y cuando llegamos nos incorporamos a un grupo turístico con un guía, que nos facilitaba ver todos los puntos importantes, incluyendo el museo, en menos tiempo y con un mayor recorrido.

Cuando Francesca llegó a las cataratas se emocionó mucho, abrió los brazos como símbolo de grandeza y exclamaba:

—¡Oh Dios mío, que belleza tan grande!, qué manera de caer agua. Mira el bote al fondo, pegado a la cascada, ¡qué peligro!

—Él le explico que no existía ningún peligro y que en ese mismo momento iban a bajar.

Inmediatamente, fueron a guardar los zapatos en un "locker" y les dieron una capa y zapatos apropiados para no resbalar. Hicieron el viaje en un bote, con una capacidad de cientos de personas. Christopher se cansó de tirar fotos. Ella seguía diciendo que nunca había visto nada igual.

Estuvieron dos días en ese lugar, vieron los fuegos artificiales de noche y entonces tuvieron que regresar a Maryland, porque estaban esperando, de un momento otro, la llegada de Camille y su familia. Además Richard le había puesto una llamada a su padre, diciéndole que la situación en la empresa requería de su presencia, pues tenia que hablar con el contador.

Después de un largo viaje llegaron a Maryland, fueron directamente para la casa a descansar. Estaban contentos pero muy agotados, comieron algo ligero, se ducharon y se durmieron inmediatamente.

CAPITULO XVIII
Enfrentamiento por intereses

Al día siguiente, Christopher citó a su hija Milam, a Richard y al contador a su despacho para tener una reunión. Cuando llegaron todos los citados, Richard tomó la palabra y le dijo al padre que según el contador le había explicado, las ventas habían mermado, dejando muy poco margen de ganancias.

—¿Qué tu propones Richard?, le preguntó el padre.
—Estuve conversando con el contador y llegamos a la conclusión que era necesario cerrar algunas tiendas, ya que no había margen de ganancias para mantener tantos locales funcionando.

Parecía que a Christopher le habían puesto en un cohete hacia la luna, se iba poniendo rojo, a todas luces la presión arterial le estaba subiendo y pregunto:

—¿Cuál es el accionista mayor en esta empresa?, Milam, Richard o yo? Pues bien, yo soy el accionista mayoritario, tengo el 51% de las acciones, tanto de la empresa como de los edificios, si o no, ¡ok! ¿Quién les dijo a ustedes que yo voy a botar empleados y cerrar mis negocios. Quiero ante todo hacerles un pequeño resumen. Mi padre, en 1948, nos dejó, a mi madre y a mí, viviendo en un sótano bien pequeño. Mi madre trabajaba en una fábrica para poder reunir, centavo a centavo, y poner nuestro propio negocio. Nunca supimos de vacaciones, ni de un buen carro, ni de buenas comidas.

—Todo fue sacrificio, por parte de todos. Al fin mi padre pudo poner una gasolinera tan grande como las de aquí y yo apenas con 7 u 8 años tuve que empezar a echar gasolina, sin ganar un centavo. Tenía que llegar de la escuela y ponerme a trabajar, con la dificultad del idioma, que no era el nuestro y sin embargo salimos adelante y llegamos a estar muy bien económicamente. Christopher se iba emocionando, según iba hablando

—Nos tuvimos que ir de aquel país por el cambio de gobierno, que intervino nuestra empresa y tuvimos que empezar de cero, aquí en los Estados Unidos y a pesar de tener capacidad para haber estudiado una carrera, tuve que limitar mis estudios, para dedicarme a trabajar para mi padre. Richard, lo mismo tú que tu hermana estudiaron, les pagué una carrera universitaria, comieron bien, vistieron bien, y nunca les faltó nada.

—Pero papi tienes que entender la situación por la que estamos atravesando.

—Señor contador, dígame usted, ¿las unidades están dando al profito o están dando pérdidas?

—No señor, están dando profito, no mucho pero aún no hay perdidas.

Entonces se dirigió a su hijo Richard:

—Yo me reuní contigo y te expliqué que nosotros no íbamos a cobrar sueldo, que se rebajarían horas de trabajo, con el fin de no dejar a ningún empleado cesante, ¿no recuerdas esa conversación? Tu problema es que estabas ganando un promedio de $500,000.00 al año, que ni el presidente de nuestro país lo gana. Lo que pasa es que estoy seguro de que no ahorraste nada, estás en cero, porque te has dado una vida de magnate, con los mejores carros, los mejores botes y otras cosas y ahora no te resignas ante esta situación. Al menos tu hermana tiene su carrera, ha invertido en bienes raíces y tiene su capital guardado.

—Bueno papi, yo tengo el 24% de las acciones de esta empresa, entonces cómprame mi parte.

—O sea, que yo te regalé el 24% de las acciones mías, para que crecieras y ¿ahora tú me las vendes a mí?

—Me has decepcionado como hombre y como hijo.

—Señor contador, por favor arregle una cita con mi abogado, mi hijo, mi hija, usted y yo para el traspaso de las acciones.

—Hijo, estás haciendo lo mismo que hizo mi hermana que se fue para New York y abandonó su madre, su padre y su casa para irse a vivir "la vida loca". Eso contribuyo grandemente en la muerte de mis padres, ambos muy conservadores, eso acabó con ellos.

—Richard, ya está todo hablado, con el traspaso de las acciones termina nuestra relación, de padre e hijo, no te quiero ver ni en mi casa ni en mi negocio, ni siquiera como cliente, aquí terminamos.

Christopher se levantó de su escritorio muy alterado y se fue a sentar en la terraza bien agitado, Milam fue atrás de él y llamó a Francesca. Quería darle una pastilla para la presión. Le pidió a la sirvienta que llamara a su médico de cabecera, pues temía que le diera un derrame cerebral o un infarto.

Milam se arrodilló delante de su padre y le pidió que por favor, no tomara decisiones drásticas y pensara bien las cosas, pues en estos momentos, ella no se sentía en condiciones de perder a su familia. Que mirara hacia adelante y lo que iba a disfrutar de su nieta y le repetía:

—Papá, por favor cálmate. En lo que el médico llegaba, le dieron un té de tilo, mientras Francesca trataba de tranquilizarlo sin saber que pasaba. Quería que Milam le explicara y entonces ella le dijo a su madrastra:

—Ahora no Francesca, en otro momento te explico. El médico lo reconoció y le encontró la presión alta. Le pidió que se fuera para el hospital, a lo que Christopher se negó. Entonces el médico le dijo que le iba a pedir a su enfermara que se quedara con él, para chequearle los signos vitales y le ordenó que no comiera nada fuerte, solamente frutas, jugos, y vegetales y que tomara mucha agua durante las siguientes 24 horas.

Transcurrió toda la tarde, ya él estaba algo calmado, pero seguía sin poder levantar ni siquiera la cabeza y preocupado por su salud y la pérdida de dinero. Llamó a Milam y delante de Francesca, la increpo preguntando:

—¿En qué gasta tu hermano el dinero? ¿Está usando drogas? Ella hizo un gesto sin hablar y entonces el se dio cuenta de que eso era lo que estaba pasando.

—Milam ¿por qué no has sido lo suficientemente honesta conmigo? Si tu tenías conocimiento que tu hermano tenía una adicción, tu deber era decírmelo. Me han hecho mucho daño ustedes, los dos.

—Papi, yo lo único que he tratado es de ahorrarte un sufrimiento.

—Bueno, ahora tengo dos sufrimientos en lugar de uno.

—Es más, no voy a pagarle nada por las acciones, me las tiene que devolver, aunque tengamos que ir a corte. No pienso darle dinero para que lo utilice en su propia destrucción y en la nuestra.

—Hija, por favor, llámalo y dile que no se presente más a la empresa, que yo voy a estar al frente de todo y que empiece a asistir a una consejería para combatir el vicio de la droga.

En medio de todo este problema, al día siguiente, llegaba Camilla y su familia de Francia. Aunque no lo demostró, pensó que en realidad era un mal momento para que ellos vinieran de visita. Le dio la tarea a Milam, para que se ocupara de Richard y de la familia de Camille, pues él no tenía fuerzas ni tiempo para eso. Que contactara con alguna agencia de turismo para que los llevaran a distintos lugares de los Estados Unidos y por último a Disney para que la niña disfrutara. Los días transcurrieron. Francesca logró acompañarlos a Disney porque la niña se empeñó en que ella fuera y Christopher le dijo que no había ningún problema, por el contrario, le iba a hacer un gran favor, porque él estaba sumamente involucrado en los negocios. Además había iniciado una investigación a través de un detective privado para saber quién era la persona que le suministraba la droga a su hijo y quienes eran sus amigos.

La investigación arrojó que, efectivamente, Richard, se encontraba con un hombre en la parte baja de Baltimore que le suministraba la droga a un alto precio. Ya el padre había contactado con un especialista en desintoxicación de drogas y que, como sospechaba el padre, la falta de dinero era uno de los principales síntomas de la adicción.

Como él aún tenía su capital acudió a las famosas Clínicas Mayo pues le habían referido que esa institución era una de las mejores en el país, aunque muy cara, sin embargo, la clínica ofrecía un plan de pago para pagar el tratamiento, tanto para pacientes internos como ambulantes.

Christopher pidió una cita con el centro y se la concedieron rápidamente pues consideraron lo que el padre había investigado, que era un caso de cuidado, y que la droga que le suministraba el contacto era cocaína. Además preguntó cuánto tardaría la rehabilitación en un paciente interno, a lo que el consejero le contestó que todo dependía del paciente, pero que se estimaba un promedio de 30 a 90 días interno. El internado tenia que hacerlo en Minnesota, un estado bastante lejos de Maryland.

Christopher le pidió a su hijo que lo quería ver en su despacho lo antes posible para explicarle ciertas cosas de suma importancia. Richard llegó a casa del padre un poco sobrecogido y temeroso de que hubiera descubierto algunas de las grandes extracciones de dinero que él había hecho de la cuenta de la empresa para su uso personal. Cuando se encontraron, Christopher le saludó diciéndole:

—Hola hijo, pasa adelante.

—¿Cómo te sientes padre?

—¡Cómo voy a sentirme!, si por una adicción a las drogas mi hijo está destruyendo su vida y la mía, la de nuestra familia y la de un gran número de familias de empleados nuestros, puesto que eso afecta la empresa.

—De dónde has sacado esas conclusiones?, ¿quién vino con ese cuento?

—No ha sido ningún comentario, aquí tengo el reporte de un investigador privado que contraté para que siguiera tus pasos, porque ya tú no eras el mismo. Aquí tengo el nombre del que suministra la droga, un tal William Scott. Te encuentras con él hasta tres veces a la semana, además del reporte aquí tengo las fotografías de tus encuentros con él. Te advierto que he convocado una reunión para una auditoria y no me gustaría que se descubriera un desfalco delante de extraños, es mejor que me confieses lo que has hecho y quede entre nosotros. Yo de mi capital personal voy a reponer lo que tú sacaste, puesto que el auditor, si es una suma considerable, va a llamar a las autoridades competentes, como está establecido en estos casos.

—¿A dónde quieres ir a parar papa?

—A donde tenga que llegar con tal de rehabilitarte de esa adicción que te va a destruir. Fíjate hasta donde voy a llegar, que prefiero verte en una prisión a verte destruido por las calles como un vagabundo por culpa de las drogas, habiendo perdido todos los derechos constitucionales y sin poder recuperar jamás tus acciones en esta empresa.

—Yo lo dejo cuando yo quiera.

—No creo en eso. Elige, la auditoria con autoridades presentes o un programa de rehabilitación en el lugar mas lujoso que existe en los Estados Unidos, tal vez por un periodo de 30 días, según como tu vayas progresando y el interés que pongas en rehabilitarte. Entre tanto, ya todas tus pertenencias están en camino para mi casa y tú no sales de aquí hasta que vayas para el centro de rehabilitación. Tu amiguito Scott ya está en camino para la prisión.

—¿Algo más papá?

—No, retírate a tus habitaciones que yo quiero tener un respiro en este asunto, hasta mi mujer ha tenido que salir de aquí con su familia para yo dedicarme a ubicarte.

El tiempo pasó, ya habían transcurrido unos setenta días, Christopher, Francesca y Milam con siete meses de embarazo estaban en camino para Minnesota . Iban a recoger a Richard. Milam le pregunta a su padre:

—Papá, dime la verdad, ¿tú crees que Richard se ha rehabilitado?

—Bueno, por lo que me explicaron en la clínica, ya es otra persona.

—Eso no significa que no lo voy a mantener bajo supervisión y vigilancia todo el tiempo.

—Ahora le falta una escuela cristiana, que es otro curso que le tengo pendiente.

Llegaron al hospital y recogieron a Richard. Él les dio a todos un fuerte abrazo, al abrazar a su hermana se le salieron las lagrimas.

—Papá, quiero decirte algo. Ante todo, decirte que tengo un gran padre, que te voy a estar eternamente agradecido por enviarme a este centro, aquí he conocido personas muy buenas que también se vieron arrastradas a estas bajezas y conocí a Cristo a través de un consejero cristiano que me tomó amistad y me ha enseñado a tener fe. Ya me he puesto en contacto con un pastor cerca de la casa y voy a tomar un curso bíblico, para poder ayudar a otras personas que han caído en adicciones.

—Yo tenía planes de llevarte a un centro cristiano pero ya te me adelantaste, estás más bonito, más grande, más hombre.

—Papá, también quisiera formar una familia como la tuya, esta es tu segunda vuelta, pero has sabido escoger bien de nuevo.

A Francesca se le salieron unas lagrimitas, Milam la miró y se contagió. Entonces Richard para romper esa atmósfera tan sentimental, les dijo:

—Oye Milam, ¡qué barriga tan grande, ya ahorita das a luz!

—No mi hermano, todavía me faltan dos meses, pero no he querido saber que sexo tiene, pero si es varón se va a llamar Richard para seguir la tradición de la familia de papá

—¿Y si es hembra?

—Se llamará Marie, por la Virgen María y Angeline por la abuela de su padre. Christopher la miró asombrado.

—¿Quién es el padre?

—Pierre, el hombre que desde el primer momento quiso acoger a esta criatura como suya propia.

—Mi hermana,¿ quién es Pierre?

—Tú lo conoces, el que estuvo en el negocio de papi y cenó con nosotros.

—¡Ah, el francesito bonitillo!

—Pero mi hija, si todavía está en Francia.

—No te preocupes que en cualquier momento se aparece, le falta presentar solo una carta de inmigración.

Francesca ahora se va pronto para Francia, dice el padre, para resolver varios problemas de inmigración. Pues Camille y Chloe vienen como empresarias, porque la situación económica en Francia está pésima, ya yo he tramitado todo con inmigración y muy pronto estarán aquí, ellos no vienen como carga pública.

Entonces Richard señaló:

—Papá, no me vayan a traer una francesa bonita para acá.

—Francesa, no mi hijo, lo único que a ti te va poner en tu lugar, es una cubana.

—¡Estás loco!, yo quiero una americana para después que yo sea pastor dedicarnos a las misiones.

—Hijo, ¿tú no tendrás ya la americanita en el centro que dejaste?

—Estás tibio, pero no es lo que tú piensas, no es paciente, es

enfermera.
—Menos mal, ¿y cuándo la veremos?
—¡Muy pronto!

CAPITULO XIX
Llegada de Francesca y familia a los Estados Unidos
Boda de Christopher y Francesca en la Riviera Francesa.

La Boda se había celebrado y ambas familias estuvieron presentes, además de Yanay y Pierre y hubo un brindis y cena en un Restaurante en Francia pues ellos decidieron realizar un viaje despues de dos años de convivencia juntos y contraer nupcias en Francia.

Han transcurrido 18 meses y finalmente toda la familia de Francesca llegó a los Estados Unidos, ya todos vienen con "Residencia Permanente" en el país. Milam casada con Pierre y una bella niña de 16 meses, Richard casado y con su esposa embarazada. (y con su propia iglesia). Yanay y su gendarme de visita, en este caso, no vienen definitivamente debido el negocio que Francesca le dejó.

Francesca quiso conservar su apartamento en los altos de la boutique puesto que lo considera un recuerdo de los primeros tiempos de su relación con Christopher.
—Jamás, dijo, me voy a deshacer de mi apartamento, cada vez que lo visito lo veo cubierto de pétalos de rosas y tenemos el champagne mas tibio esperándonos arriba. Soy una mujer afortunada, no todas las mujeres son capaces de amar como yo.

Cuando llegaron a casa de Christopher, se encontraron con Guadalupe que tenia a Marie Angeline de la mano, puesto que ella ahora era la nana de la niña y tenia dos mujeres más para atender la casa, pues la familia había crecido.

La niña corrió hacia sus abuelos primero y hacia sus padres después.

—¡Abuelito, abuelita!, gritaba jocosa y los besaba.

Francesca la cargó. Entonces Milam dijo:

—Espero que éste o ésta que estamos esperando nos reciba primero a nosotros.

—Milam, ¿estas esperando de nuevo? le preguntó el padre.

—Si y muy orgullosa, porque aquí viene el nuevo Richard y Pierre es del mejor hombre que pueda haber escogido para padre.

Richard contesta y riéndose le dice.

—Además de ser un buen padre, confiésalo, lo escogiste por bonitillo, y déjame decirte que Alexa, mi mujer, pare antes que tú y si es varón se va a llamar Richard y si es hembra se va a llamar como su mamá.

—Bueno, pues entonces el mío se llamará Pierre, y si es hembra Katherine, como mi mamá.

Salta la loquita de Yanay:

—Yo por envidiosa también estoy embarazada y si tenemos una hembra se va a llamar Francesca y si es varón, Prince, si el padre lo permite. Esta historia de amor me ha calado muy adentro, dijo Yanay.

Cuando cumplieron su primer año de matrimonio Christopher y Francesca fueron a celebrar su aniversario de boda tomando un crucero por el Caribe. Visitaron Cozumel, Gran Caimán, Jamaica (Ocho Ríos) y las islas privadas de las Bahamas. Cuando pasaron frente a las costas de Cuba se quedaron nostálgicos y ella suspirando le comentó a su marido.

—¿Cuándo podré volver a Cuba de nuevo?, mejor dicho ¿cuándo volveremos?

—Todavía los americanos no podemos visitar Cuba, tal vez más adelante se resuelvan ciertas diferencias y te prometo que los primeros en viajar vamos a ser nosotros, le dijo Christopher.

En el crucero podían beber todo lo que desearan, porque no tenían que conducir un vehículo. Christopher y Francesca "agarraron un buen tono". Cuando fueron para la habitación, él trató de cargarla, pero entre el alcohol, la edad y algo de peso que Francesca había ganado por aquel tiempo, no pudo lograrlo y casi se caen en la puerta del camarote. La risa de ambos se oía por todo el piso, de lo "borrachitos" que estaban. Una vez dentro del cuarto él se subió en la cama sin quitarse ni los zapatos y le gritaba;
—Aquí tienes a tu Tarzán, ven para acá mi Juana.
Francesca que estaba más sobria, le dijo:
—¡Nada más que falta Chita!
En ese momento tocaron a la puerta y él gritó:
—¡Ahí esta Chita!

Francesca se acercó a la puerta y le dijo que no necesitaban servicio, que volvieran al día siguiente, que todo estaba bien. Cuando se fue a virar sintió un golpe contra la cama, se asusto y salio corriendo. Se encontró a Christopher roncando encima de la cama con ropa y zapatos. Ella era mucho más pequeña y no podía con él para desvestirlo y descalzarlo pero al fin lo logró, sudaba cuando terminó. Se sentó a su lado, lo agarró por las mejillas y le dijo:

—Tarzancito, valiente aniversario de boda que me has dado, me la voy a pasar en blanco y tu roncando, mañana me las cobro no te preocupes.

A la mañana siguiente tampoco celebraron, pues el dolor de cabeza y la resaca que, sobre todo él tenía, eran horribles, pues como ellos no eran tomadores, la bebida les hizo mucho daño. Los próximos días cuando ya habían pasado ese mal rato, estuvieron plenos de fresas con chocolate, caviar, champagne frío y del tiempo y pétalos de rosas color coral. Así reconstruyeron su pasado, sin problemas familiares. Solamente él y ella.

CAPITULO XX
El Viaje Soñado

La casa de los Smith se viste de gala con una gran fiesta de cumpleaños. Christopher y Francesca cumplen 70 años con un mes de diferencia entre uno y el otro y los hijos decidieron sorprenderlos con una gran fiesta, pero con invitados íntimos, algunos empleados de la empresa, el abogado, el contador, pastores y sacerdotes, así como algunos representantes políticos.

Christopher y Francesca se enteraron de la fiesta al llegar a su casa, puesto que al bajarse del carro se encontraron con una alfombra roja de pasarela y arcos de flores a la entrada. Ellos regresaban de un viaje a Washington de tres días, pues Francesca quiso ir a visitar los museos de esa ciudad, en ocasión de su cumpleaños. Serian alrededor de las siete de la noche, ya estaba obscureciendo y Christopher al llegar dijo:

—¡Eh! ¿quién se va a casar ahora?. Parece que la boda va ser tarde porque no ha llegado nadie. ¡Qué extraño está esto! ¿Estaremos en la casa correcta?

Francesca le respondió:
—Sí, Christopher, ¡mira el número, es nuestra casa!.

Cuando introdujeron la llave en la cerradura se formo un gran escándalo, encendieron las luces y empezó a tocar la orquesta con violines.

En ese momento comenzaron a tocar una de las canciones favoritas de Christopher, "My way" o "A mi manera", en español, que tanto le gustaba interpretada por Frank Sinatra. También tocaron otras canciones que habían sido famosas, en las voces de destacados cantantes como Paul Anka, Lionel Richie y también Andrea Bocceli y otros más, desde las canciones románticas de la década del 60 hasta el 2016. La música fue cambiando de acuerdo con cada década que habían vivido. Todos estaban muy bien vestidos, con trajes de gala. Los invitados, la familia y hasta los nietos llevaban tuxedo.

Inmediatamente el ama de llaves, Yanay y Chloe se llevaron a Francesca y después que se dio un baño. la llevaron para un tocador para vestirla, maquillarla y peinarla. Yanay le había confeccionado un vestido bellísimo de gala.

Por otra parte, Richard se llevo a su papá y le mostró un Tuxedo de un sastre famoso, zapatos de charol en juego y su lazo para al cuello y su pañuelo como regalo de el personal. Después que se duchó, Christopher se puso toda la ropa nueva y parecía un emperador.

—¡Oye viejo!, ¿quieres un sombrerito y un bastón?
—Ven acá Richard, ¿tú te has creído que soy un viejo?
—No papá tu eres un "super señor" gastado, ya tu no vuelas ni te empinas, aquí te tengo otro regalito.
—Richard tu sabes que yo no uso prendas.
—Abre el regalito que estás prendas te van a venir muy bien esta noche. Cuando Christopher abrió el regalito se encontró con dos pastillas para incrementar la potencia sexual en el hombre "la virgencita azul".
—¡Qué equivocado tu estás!, yo no necesito eso.
—Pues mira, hay rumores de que ya no vuelas.

—Vamos a dejar esta conversación aquí, y regresemos a la fiesta.

Bajaron al centro del salón y empezaron a tocar la melodía de la canción de Paul Anka "Put your head on my shoulder", que en español significa "Pon tu cabeza en mi hombro". Miró hacia Francesca y se quedó petrificado, la vio tan linda como el día en que, por primera vez fue al teatro con ella, diez años atrás.
—Qué linda estás mi amor!, la tomó del brazo y comenzaron a bailar.
—Tú no te quedas atrás, príncipe de mis sueños, estas bello, parece que tienes treinta años.

Era la segunda vez que le tocaban la misma pieza. Los nietos todos fueron alrededor de sus abuelos cuando iban a cortar el cake que era inmenso, con 70 velitas. En ese momento le cantaron el "Happy Birthday" y los niños soplaron las velas. Estuvieron hasta la madrugada comiendo, bailando y disfrutando de la buena música. Los niños fueron los portadores de los regalos, entre ellos dos relojes de muñeca con diamantes en las esferas. Yanay se apareció con una guayabera para Christopher y un vestido de cubana para Francesca, era un traje típico de campesina. Después Angeline, la nieta mayor, les entregó un sobre sellado y la orquesta puso una música acorde al regalo incógnito.
—A ver papa dijo Milam, ese sobre contiene dos pasajes, adivina a que lugar irán a celebrar los 70 años.

Francesca opinó:
—No tengo idea de donde nos van a invitar. Hemos viajado tanto, que nos queda poco por ver.

Milam se dirigió al padre, diciéndole:
—Bueno papá, nosotros nos reunimos y llegamos todos a la conclusión de que esto es lo que hace muchísimos años ustedes deseaban.

—¡Ay! creo que ya se donde vamos y bajito le dijo a Francesca al oído, seguro es Cuba.

—No puede ser.

—Déjame preguntarle a mi hija. Hija, ¿en ese lugar hay puros, guayaberas, café negro, arroz, frijoles, yuca y lechón asado?

—Si papi, ¡adivinaste!

—¿Y cuando nos vamos?

En diez días tienen que tomar el vuelo que sale de Miami y es un viaje por 21 días, descansen de esta tribu que los quiere mucho.,

Richard salto y dijo:

—Papá, no dejes la virgencita azul que te regalé que esa revive los muertos.

—¿De qué virgencita habla este muchacho?

Richard le contesta:

—Francesca, mi papá te va a contestar la pregunta tuya y te va a mostrar una virgencita en el cuarto.

Él se quedó con la duda, pero no dijo nada más. Francesca, por su parte se quedó pensativa un minuto y le dijo entonces:

—Richard ya me imagino cual es esa virgencita azul, déjame decirte que estás equivocado.

—Contéstale ahí Francesca, le dice Christopher.

—Mira muchacho, éste es mi Tarzán y yo su Juana.

—Entonces yo soy Chita.

Subieron normalmente a la habitación, pero él inmediatamente llamó a su médico de cabecera y éste le preguntó:

—Dime Christopher ¿hay algún problema?

—No, no doctor, perdóneme que le llame a esta hora.

—¿En qué puedo ayudarte?

—Doctor, ¿ yo puedo tomar una pastilla para incrementar la potencia, es de color azul?

—Bueno, si tienes la presión controlada te puedes tomar un pedacito, si la tienes baja, no puedes porque te puede crear un problema. La verdad Christopher que únicamente por que eres tú, te contesto a estas horas, porque eres mi amigo, porque si no, te iba a mandar lejos, como para Alaska, pero a ti no te lo puedo hacer.

Sacó la pastilla y la partió en tres y se tomó una porción con un poco de vino de dos copas espumantes que les estaban esperando en el cuarto. Estuvieron conversando por unos treinta minutos de la fiesta, los hijos, los invitados, pero entonces Christopher le dijo a Francesca, te voy a poner una música suave romántica, vamos a recordar nuestros momentos románticos en Francia, en medio de la habitación y puso esta canción para bailarla juntos.

"All my life" by Linda Wonstad and Aaron Nevil
Am I really here in your arms?
its just like I dreamed it would be
I feel like we're frozen in time
and you're the only one I can Sy. Hey!
I have looked for you all my Life.

Estaban bailando bien pegados y de pronto ella le dijo:

—¡Eh! ¿qué es esto que me esta chocando con el frente bajo de mi cuerpo? Bajó la mano hasta el órgano viril y dijo, ¿qué está pasando aquí?
—¿Qué te pasa mi amor?
—No, nada, nada, ¡quítate la ropa y después bailamos. Por favor Christopher ¡quítate la ropa!
—Qué capricho, estas mujeres son todas caprichosas, quítate tu la tuya también, o ¿yo soy el único que me desnudo aquí?

—No hay problema, ahora mismo me la quito.

Christopher se quitó la ropa, miró hacia abajo y se quedó asombrado.
—¿Qué es esto?, ni cuando tenía treinta años.

Ella se quito la ropa y se viró y al virarse lo vio desnudo y asombrada le decía:
—Oh my God. Que es esto? Ahora si estoy frente a Tarzan. No hay problema que aquí esta Juana.
—Christopher asombrado también dijo, de verdad que es milagrosa la virgencita.
—Ya últimamente estabas un poco moribundo.
—¿Tú también entraste en el chistecito igual que Richard?

Comenzaron a bailar de nuevo y ella le pidió ir para la cama antes de que pasara el efecto de la "pastillita".

Estuvieron juntos un buen tiempo, disfrutando de la cama juntos y se esforzaron en demostrarse nuevamente la pasión que habían vivido al principio de su relación y por muchos años. Cuando Christopher se fue a tomar una ducha, le hablo al órgano y le pregunto:

—Oye, ¿todavía estás de guardia?

Francesca estaba dormida y el empezó a gritarle:
—!Mira para acá!, !Aquí está tu Tarzán!
Ella se le quedó mirando y se puso a pensar que estaba cansada pero tenía que aprovechar y exclamó:
—¡Y aquí está tu Juana!.
Estuvieron un buen rato, de nuevo juntos, en la batalla hasta que el soldado cayó rendido. Entonces se quedaron dormidos.

Al otro día Christopher llamo a su hijo, a su casa para agradecerle la fiesta, las sorpresas, pero sobre todo para agradecerle la virgencita azul. Richard le preguntó si habían disfrutado:

—Hasta por la mañana, le respondió Christopher.

Y el hijo añadió:
—Oye, hasta yo me la voy a comprar, nunca viene mal.
—Si la usas, toma solamente un pedacito chiquito, que es suficiente, si no puedes sufrir algún problema de salud. Por cierto, cuando compres las tuyas tráeme algunas para el viaje.
—Nos vamos en un par de días para la Florida, quiero recorrer parte de la Florida y de ahí sigo para Cuba, tengo unas amistades en Miami y les voy a dejar el carro para tenerlo al regreso.

Estuvieron en Cabo Cañaveral para ver el Museo de Aeronáutica. Después pasaron por San Agustín, donde durmieron esa noche y también visitaron Seaworld, en Orlando, donde se quedaron en otro hotel. Al regreso pasaron por Marco Island, se hospedaron en un hotel por dos noches y les gustó tanto que decidieron buscar información sobre Bienes y Raíces en esa zona. El lugar les encantó, pues resultaba muy relajante para las personas mayores y el clima tropical, muy bueno, sin problemas de nevadas, terremotos, ni fuegos forestales. El lo consideró como un paraíso.

La última parada fue en Miami Beach donde se hospedaron en el Fountainebleu Hilton y recorrieron todas las playas, los museos, el Parque de la Cotorra y otros sitios interesantes. Después llegaron a la Pequeña Habana y se sintieron como si estuvieran en Cuba, todos los letreros en español. Coral Gables precioso, con sus calles de nombres españoles y sus arboles centenarios.

Le preguntaron en español a un hombre que estaba parado en una esquina de la calle 8 del South West de Miami.

—Oye amigo, ¿dónde puedo comer comida cubana bien hecha?
—Yo te puedo recomendar que vayas por toda la calle 8 donde hay muchos restaurantes cubanos con comidas de buena calidad que hasta los Presidentes cuando han visitado Miami, comen en la Calle 8. Le dieron las gracias al señor y cuando finalmente llegaron a un restaurante, se sintieron en ese restaurante tan cubano, a sus anchas, había tanta variedad de comida cubana que no sabían ni qué pedir. Al fin comieron lo más recordado por ellos: lechón asado, arroz, frijoles negros y yuca. con ensalada de aguacate, vino y café cubano. Según comían le rodaban las lágrimas por las mejillas. La camarera, al verlos algo mayores, les preguntó si estaban bien.
—Si, contesto Francesca, es que esta comida nos trae muchos recuerdos.
—¿Y ustedes son cubanos
—¡Cómo si lo fuéramos, nuestra niñez transcurrió en Cuba!

CAPITULO XXI
Viaje a Cuba

Había llegado por fin, la hora de ir al aeropuerto, para volar a Cuba. Estaban algo nerviosos pues habían pasado más de cincuenta años, desde el día en que dejaron atrás este país.

Llevaban un itinerario preparado por sus hijos. Ellos se habían encargado de realizar las reservaciones en los hoteles y también los tours. Antes de llegar a La Habana ya miraban desde arriba varios tonos de verde, la tierra colorada, las palmas y la forma incomparable de la isla. Al fin aterrizaron en el Aeropuerto Internacional "José Martí".

Tomaron un taxi que los llevó al Hotel Nacional y durante el viaje, ambos miraban por las ventanillas buscando recuerdos y también viendo las cosas nuevas que no conocían. Al llegar al hotel, lo encontraron muy bello y muy bien conservado. Este fue un hotel famoso, que hospedó a grandes artistas, presidentes y hasta grandes mafiosos. Descansaron ese día sin salir de la instalación. Habían vivido muchas emociones y recuerdos. Se sentían algo abatidos y con dolor de cabeza, principalmente Francesca, que vivió en La Habana, todo el tiempo hasta que se fue.

Al otro día desayunaron en el hotel y después Francesca le pidió su esposo que fueran a caminar por el Malecón. Más tarde, pasearon en taxi, por una parte de la Habana Vieja, el Capitolio, la Rampa *(uno de los edificios mas altos de La Habana)*. La Catedral y muchos otros hoteles, restaurantes famosos, como el Sloppy Joe's, muy famoso mundialmente y algunos teatros. También vieron la imitación del Caballero de París (un personaje pintoresco de Cuba de los años 50. La Bahia de La Habana, el Tunel (que le trajo muchos recuerdos a Francesca). Visitaron el Cementerio de Colón, uno de los mas importantes y bellos del mundo. Llegaron al hotel, ya de noche y agotados. Cenaron en el restaurante del hotel para no tener que caminar más, después se llegaron al cabaret .

Al día siguiente, Francesca quiso pasar por su antiguo colegio, la que fue su casa y visitar el hotel donde su padre trabajó. Le preguntó a muchas personas si lo habían conocido. Ella había vivido en un bonito barrio habanero. Desde que llegó no había dejado de pensar en aquella casa.

Francesca encontró su casa y su colegio. Se mantenían muy bien, porque estaban restaurados. El hotel donde trabajaba su padre también lucía bien conservado. ¡Cuántos recuerdos!.

A la siguiente mañana, bien temprano, partimos para Pinar del Río, la provincia más occidental de Cuba, en un ómnibus muy lujoso de turismo y con un guía que hablaba un inglés perfecto, además del español. Pasamos por las siembras de tabaco. Ninguno de los dos las habíamos visto antes. A Christopher le enrollaron un tabaco en el momento, él se lo fumó, pero Francesca fue la que se mareó. Él estaba eufórico y decía:
—Esto si es un tabaco de verdad -, pero antes de subir al ómnibus lo tiró.

Siguieron viaje hacia el Valle de Viñales, también en la provincia de Pinar del Río, iban mirando por la ventanilla del ómnibus del tour, contemplando el verde de los paisajes, la belleza natural de la campiña cubana. Iban recordando todo el tiempo, vivencias de su niñez en Cuba, a pesar de que estaban viendo lugares que nunca antes habían visitado, estaban maravillados. Se quedaron unas horas en el mirador del valle y más tarde pasaron a la Cueva del Indio, un lugar muy especial para los aborígenes. Allí recorrieron en una pequeña embarcación, el río subterráneo. Al atardecer emprendieron el viaje hacia La Habana y regresaron al mismo hotel. A pesar de que estaban cansados, después de darse un baño se fueron a bailar música americana y cubana.

Bailaron el son caribeño y una canción americana de Billy Ocean, llamada Caribbean Queen. También bailaron con la Orquesta Aragón, distintos ritmos, y el cha cha chá al estilo de Nat King Cole. Terminaron extenuados, directo para la cama, casi ni atinaban a quitarse la ropa.

Al amanecer, se despidieron de La Habana con nostalgia. Pasaron por el Túnel de la Bahía de la Habana, tomaron por la Vía Monumental, y más tarde por la Vía Blanca que es una carretera que va directo a la provincia de Matanzas. Iban rumbo a la Playa de Varadero. Pasaron por el puente de Bacunayagua, el más alto de Cuba, y almorzaron en el mirador que allí existe. La vista era impresionante y la comida estaba deliciosa. con sazón y sabor cubano. Según dijeron, hacía años que no comían tan sabroso.

Varadero. Una de las playas más lindas del mundo, con arena blanca que transparenta el agua. Tomaron muchas fotos y fueron a pescar. Nunca antes Francesca había pescado en el mar. Estaba muy alborotada haciendo algo que nunca hizo en el mar. Era tanto el entusiasmo que tenían, que no se dieron cuenta de ponerse un protector solar y al final del día parecían dos camarones enchilados. Pensando en que parecían dos camarones, se fueron para una barra y pidieron mariscos. Christopher todo lo que pedía era cerveza fría. Francesca parecía una niña disfrutando de un paseo. Con la pamela, los espejuelos de sol y su atuendo de playa, no cabía la menor duda que era una turista.

Caminaron por la arena, después de ver algunos hoteles. Fueron al centro de la ciudad de Varadero en un coche tirado por un caballo y realizaron un recorrido por toda la ciudad, agarrados de la mano, besándose como dos adolescentes y disfrutando de la brisa del mar. Fue un paseo inolvidable que recordarían muchos años después todavía tomados de la mano.

Se fueron para el hotel para cambiarse e ir a bailar de nuevo, pero llegaron tarde al baile porque pasaron un buen rato disfrutando uno del otro en la habitación del hotel. No podían casi tocarse de lo caliente que estaban por causa del sol. Sus cuerpos quemaban. Se quedaron hasta la madrugada bailando, pero entre la quemazón, los juegos de azar en la cama y los pies cansados por el baile, ya no podían más, se sentían los 70 años, "bien sentidos".

Al otro día tuvieron que tomar el transporte para ir a Cayo Coco. Con playas muy parecidas a Varadero, pero un cayo dentro del mar frente a las Islas Bahamas. Las aguas del Golfo de Mexico y el Océano Atlántico se unían. Tenía unas hermosas y confortables instalaciones y algo peculiar, las casitas situadas dentro del agua. Se quedaron tres días en la Playa de Cayo Coco.

Al día siguiente decidieron irse por su cuenta a la ciudad de Matanzas donde se quedaron por dos días. Francesca no recordaba esa ciudad, solamente Varadero. Christopher había vivido diez años con ella.

—Mira, mi amor, le dijo a Francesca, déjame enseñarte y explicarte acerca de los lugares donde crecí. Primero el Valle de Yumurí, que yo visitaba en bicicleta con los amigos. Íbamos a buscar mangos y coger cangrejos para comer. La segunda imagen es del Parque de la Libertad donde todos los jóvenes nos reuníamos. La tercera vista es del Río San Juan donde yo me bañaba y me tiraba del puente, escondido de mis padres. Después están las Cuevas de Bellamar, que son famosas mundialmente por sus estalactitas y estalagmitas que forman figuras de animales y otras cosas, y por último te muestro el Teatro Sauto, que se utilizó también como cine. Ahora nos vamos para otra parte para mostrarle el resto de la ciudad.

Christopher le enseñó el negocio de la gasolinera de su padre y le mostró muchos lugares donde transcurrió su niñez. Algunas veces se le ponían los ojos húmedos a punto de llorar, acordándose de sus padres. Francesca se percató de las emociones por las que el estaba pasando y le hizo una observación dentro de las Cuevas de Bellamar. Cuando pasaron por un tramo que estaba oscuro, el guía les dijo que aprovecharan para que se besaran. Christopher aprovechó y metió la mano por dentro del short de ella. Francesca se viró rápidamente, muy enfadada, pensando que era otro turista. Estaba muy incómoda cuando le dijo: —Tú no pierdes la manía de meter la mano dentro de la ropa. ¡Que susto he pasado, deja que te coja! Lo que compensa este paseo bajo tierra, es la gran belleza de esta cueva.

Al día siguiente empezaron a hacer el tour por todo el resto de la isla. Vieron cataratas de agua, montañas, centrales azucareros, muchas playas, museos, toda una serie de iglesias, incluyendo el Santuario de la Virgen de la Caridad, patrona de Cuba, para los católicos, situado en el pueblo de El Cobre, en la provincia de Oriente de Santiago de Cuba. Estuvieron seis días de recorrido por todos estos lugares. ¡Es muy bella la isla de Cuba!

Regresaron para La Habana y se quedaron en el mismo hotel. Tuvieron dos días de descanso antes de regresar a los Estados Unidos. Francesca le planteó a Christopher lo siguiente: —Mi amor, ésta es nuestra última noche en La Habana. Te voy a pedir varias cosas. ¿Me las puedes conceder? El se apresuró a contestar:

—¿Cuándo yo te he negado algo, mi princesa?

—Primero quiero que nos mudemos para la Florida, para Marco Island, ya estoy harta de la nieve y tú y yo padecemos de artritis y ese es un lugar ideal para mi "super señor" y para mi, ¿qué te parece esta primera proposición?

—Sí, me parece bien, en cuanto llegue hablamos con Milam para que como agente del Real Estate nos consiga un apartamento grande, frente al mar, para que nuestros hijos y nietos puedan pasar vacaciones con nosotros.

Ella prosiguió, y le preguntó si le quedaba alguna pastillita azul. El le contestó: —¿Para qué la quieres?, y ella le explicó:

—¿Para qué va a ser, si no es para ti, mi Tarzán.

—Oye princesa, no te envicies con la pastilla. ¡Que eso no es para todos los días! Antes eras muy tranquilita, pero saliste de la caja de Pandora hace diez años y no pierdes las energías, en lugar de tomarme yo la pastillita, te voy a dar a ti una para dormir.

Ella a su vez le propuso algo: Ven acá Christopher, por que en vez de darme una pastillita, ¿por qué tú no te pones la bombita?

Él respondió: Ven acá Francesca, es que no te has dado cuenta que ya tenemos ambos setenta años!

Ella entonces dijo: Ni pastillitas ni bombita, entonces dame un beso.

—Siiiiiiiiiiiii.

FIN

Observaciones para el lector

Este libro es una historia de amor. Los autores hemos tratado de introducir en algunos de los capítulos, un tono pícaro, siempre dentro de los parámetros del respeto. Otros capítulos pueden resultar algo apasionados porque reflejan las intimidades de una pareja que encuentra la oportunidad de ser feliz en el ocaso de su vida.

En ningún momento hemos querido traspasar la línea de la moral del lector, solo hemos tratado de hacer el libro más ameno, encierra muchas lecciones familiares, consejos, y vivencias cotidianas, además de reflejar a través de los personajes algunas historias reales.

Cualquier semejanza de alguno de los personajes con personas de la vida real es pura coincidencia.

Esperamos que disfruten este libro tanto como lo hemos disfrutado nosotros, nos hemos reído, hemos llorado y hemos pasado momentos inolvidables. Uno de las autores, Humberto Páez, tiene tres libros anteriores. Muchas gracias por permitir que nos adentremos en sus hogares o lugares de lectura.

Humberto Páez y Carmen Castellanos
Sus autores

Carmen Lucia, comentó sobre este libro.

" Gracias por considerar mi opinión sobre este libro, acá tengo cosas marcadas con sugerencias. Por favor tómenlo como critica constructiva, lo hago para que esta experiencia que han vivido les de frutos. Estos muy orgullosa de ustedes dos, por tener las ganas y el espíritu para hacer todo este trabajo que les ha tomado mucho esfuerzo, le doy gracias a Dios que mi madre ha encontrado la felicidad".